溺愛《できあい》MAX《マックス》な恋《こい》
スペシャル♡Pink《ピンク》

野《の》いちごジュニア文庫超人気《ぶんこちょうにんき》シリーズ集《しゅう》！

＊あいら＊、高杉六花《たかすぎりっか》、青山《あおやま》そらら、ゆいっと・著
茶乃《ちゃの》ひなの、いのうえひなこ、優月《ゆづき》うめ、小鳩《こばと》ぐみ・絵

野いちごジュニア文庫

もくじ

西学最強《さいがくさいきょう》ビッグカップル！
総《そう》長《ちょう》さま、
溺《でき》愛《あい》中《ちゅう》につき。
由姫《ゆき》＆蓮《れん》へのインタビューで、
2人《ふたり》のラブ度《ど》がますますパワーアップ!?
＊あいら＊・著
茶乃《ちゃの》ひなの・絵

キャラクター紹介《しょうかい》

高《こう》1

西園寺《さいおんじ》 連《れん》

最強《さいきょう》の暴走族《ぼうそうぞく》であるnoble《ノーブル》の総《そう》長《ちょう》。女嫌《おんなぎら》いでクールだが、生徒会《せいとかい》長《ちょう》も務《つと》めている。

中《ちゅう》3

白咲《しらさき》 由姫《ゆき》

ワケありで地味子《じみこ》ちゃんに変装《へんそう》していた美少女《びしょうじょ》。曲《ま》がったことが大嫌《だいきら》いで、ケンカは負《ま》けなし。蓮《れん》と恋人同士《こいびとどうし》。

高《こう》1

東《あずま》 舜《しゅん》

noble《ノーブル》の副総長《ふくそうちょう》&生徒会副《せいとかいふく》会長《かいちょう》。誰《だれ》にでも優《やさ》しいが、中身《なかみ》は真《ま》っ黒《くろ》。

高《こう》1

南《みなみ》 凛太郎《りんたろう》

noble《ノーブル》の幹部《かんぶ》&生徒会会《せいとかいかい》計《けい》。学園《がくえん》のアイドル的《てき》存在《そんざい》で小悪魔《こあくま》。

中《ちゅう》3

新堂《しんどう》 海《かい》

由姫《ゆき》のクラス内《ない》のリーダー的存《てきそん》在《ざい》。蓮《れん》たちからは次期総長候《じきそうちょうこう》補《ほ》として一目置《いちもくお》かれている。

中《ちゅう》2

竜牙崎《りゅうがざき》 翔《しょう》

身長《しんちょう》180㎝でガッチリとした体格《たいかく》。強面《こわもて》で関西弁《かんさいべん》で迫力《はくりょく》があるタイプ。

中《ちゅう》2

八神《やがみ》 ルカ

淡《あわ》い水色《みずいろ》の瞳《ひとみ》が印象《いんしょう》的《てき》。女子《じょし》が苦手《にがて》で、由姫《ゆき》に対《たい》しても刺々《とげとげ》しい態度《たいど》をとっていたけど…。

あらすじ

私《わたし》、中《ちゅう》3の由姫《ゆき》。いろいろあって、学園《がくえん》を仕切《しき》る最強総長《さいきょうそうちょう》の蓮《れん》さんとなんと両想《りょうおも》いに！
蓮《れん》さんとnoble《ノーブル》のみんなとの学校《がっこう》生活《せいかつ》は、とってもにぎやかなんだ。

そんな私《わたし》たちが所属《しょぞく》する生徒会《せいとかい》に新《あら》たに後輩《こうはい》の翔《しょう》くんとルカくんが加《くわ》わったの！

ますますパワーアップした生徒会《せいとかい》に、ある時《とき》、インタビューのお願《ねが》いが舞《ま》い込《こ》んできたんだけど…。

いつもの日常《にちじょう》

私《わたし》の名前《なまえ》は白咲由姫《しらさきゆき》、中学三年生《ちゅうがくさんねんせい》。

私《わたし》の通《かよ》う西園寺学園《さいおんじがくえん》は、中高一貫《ちゅうこういっかん》の県内《けんない》トップの進学校《しんがくこう》。

……ていうのは、表向《おもてむ》きの評判《ひょうばん》で……別名《べつめい》「暴走族《ぼうそうぞく》の巣窟《そうくつ》」と呼《よ》ばれている不良校《ふりょうこう》だ。

西園寺学園《さいおんじがくえん》には、ふたつの最強《さいきょう》グループが共存《きょうぞん》している。

ナンバー2のfatal《フェイタル》と、ナンバー1のnoble《ノーブル》。

もともと私《わたし》は、fatal《フェイタル》の総長《そうちょう》である『春《はる》ちゃん』こと天王寺春季《てんのうじはるき》と付《つ》き合《あ》っていたけど、いろいろあって別《わか》れることになった。

春《はる》ちゃんとのことで、落《お》ち込《こ》んでいた私《わたし》を救《すく》ってくれたのは……。

『お前《まえ》のことは、俺《おれ》が守《まも》る』

noble《ノーブル》のトップ……総長《そうちょう》である、西園寺蓮《さいおんじれん》さんだった。

最初《さいしょ》は春《はる》ちゃんと別《わか》れたばかりで、新《あたら》しい恋《こい》なんて考《かんが》えられなかったけど、蓮《れん》さんはいつだって私《わたし》が一番辛《いちばんつら》い時《とき》にそばにいてくれて、助《たす》けてくれて……つねに味方《みかた》でいてくれるヒーローみたいな蓮《れん》さんに、次第《しだい》に惹《ひ》かれていったんだ。

そして……。

『蓮《れん》さんが……好《す》きです』

『もう一生《いっしょう》、逃《に》がさないからな』

私《わたし》と蓮《れん》さんは、恋人同士《こいびとどうし》になった。

いろいろなことがあったけど、今《いま》も恋人《こいびと》としていい関係《かんけい》を築《きず》けていると思《おも》うし、蓮《れん》さんへの好《す》きは毎日更新中《まいにちこうしんちゅう》だ。


付《つ》き合《あ》いはじめて、気《き》づけばもう半年以上《はんとしいじょう》がたった。

「それじゃあ、みんな気《き》をつけて帰《かえ》るように」

ホームルームが終《お》わって、教科書《きょうかしょ》をカバンに詰《つ》める。

「由姫《ゆき》、また明日《あした》」

「うん！　ようちゃん、今日《きょう》もクラブの練習頑張《れんしゅうがんば》ってね！」

「ありがとう。由姫《ゆき》の応援《おうえん》で百倍頑張《ひゃくばいがんば》れる」

笑顔《えがお》を残《のこ》して出《で》ていったのは、同《おな》じクラスの友達《ともだち》、財光寺要司朗《ざいこうじようじろう》くん。。

「由姫《ゆき》、今日《きょう》も生徒会《せいとかい》？」

「たまには俺《おれ》たちと遊《あそ》ぼうよ～」

ぷくっと頬《ほお》を膨《ふく》らませているかわいいふたりも、同《おな》じクラスの友達《ともだち》の如月華生《きさらぎかよい》くんと双《ふた》子《ご》の弥生《やよい》くん。

「生徒会《せいとかい》が休《やす》みの日《ひ》にまた遊《あそ》ぼうね」

ちなみに、私《わたし》は中等部《ちゅうとうぶ》の生徒会役員《せいとかいやくいん》だ。

「とっとと帰《かえ》れ」

うしろで弥生《やよい》くんと華生《かよい》くんを睨《にら》んでいるのが、幼《おさな》なじみで中等部生徒会副会長《ちゅうとうぶせいとかいふくかいちょう》の『拓《たく》ちゃん』こと氷高拓真《ひだかたくま》。

「由姫《ゆき》、今日《きょう》も蓮《れん》さん来《き》てるよ」

隣《となり》の席《せき》で微笑《ほほえ》んでくれたのは、中等部生徒会長《ちゅうとうぶせいとかいちょう》の新堂海《しんどうかい》くん。

海《かい》くんの言葉《ことば》に教室《きょうしつ》の外《そと》を見《み》ると、壁《かべ》にもたれて立《た》っている蓮《れん》さんがいた。

「どうせ生徒会《せいとかい》で会《あ》えるのに、毎日《まいにち》お迎《むか》えなんて過保護《かほご》だね」

ふふっと微笑《ほほえ》む海《かい》くんに照《て》れくさくなって、返事《へんじ》に困《こま》ってしまう。

蓮《れん》さんは高等部《こうとうぶ》の生徒会長《せいとかいちょう》で、中等部《ちゅうとうぶ》と高等部《こうとうぶ》の生徒会《せいとかい》は部屋《へや》が一緒《いっしょ》だから、いつも蓮《れん》さんが迎《むか》えに来《き》てくれて一緒《いっしょ》に生徒会室《せいとかいしつ》に向《む》かっている。

「ま、俺《おれ》も由姫《ゆき》みたいなかわいい恋人《こいびと》がいたら、ああなっちゃうだろうけど」

「え？」

「ううん、ただの嫉妬《しっと》。蓮《れん》さんこっち睨《にら》んでる」

睨《にら》んでる？

あ、ほんとだ、こっち見《み》てるっ……！

私《わたし》は急《いそ》いでカバンを持《も》って、蓮《れん》さんのところに駆《か》け寄《よ》った。

「蓮《れん》さん、お疲《つか》れさまです」

「お疲《つか》れ」

優《やさ》しく微笑《ほほえ》んで、頭《あたま》をなでてくれる蓮《れん》さん。

蓮《れん》さんは、こうやって私《わたし》の頭《あたま》をポンポンするのがクセみたいだ。

恥《は》ずかしいけど、蓮《れん》さんにこうしてもらうのはうれしい。

「行《い》くか」

「はいっ」

「待《ま》ってください、俺《おれ》たちも行《い》きます」

「ふたりきりにさせるかよ……」

海《かい》くんと拓《たく》ちゃんも来《き》てくれて、四人《よにん》で生徒会室《せいとかいしつ》に向《む》かった。


「お疲《つか》れさまです」

生徒会室《せいとかいしつ》に入《はい》ると、奥《おく》からタッタッタッタッという軽快《けいかい》な足音《あしおと》が聞《き》こえてきた。

「由姫《ゆき》〜！　お疲《つか》れさま〜！　って、ぎゃっ！」

「……お前《まえ》は学習《がくしゅう》しねぇな」

私《わたし》に飛《と》びつこうとして蓮《れん》さんに捕《つか》まった足音《あしおと》の主《ぬし》は、高等部《こうとうぶ》の生徒会役員《せいとかいやくいん》である『南《みなみ》くん』こと南凛太郎《みなみりんたろう》。

「ちょっとやめてよ蓮《れん》くん！　僕《ぼく》のハグを邪魔《じゃま》しないで！」

「邪魔《じゃま》するに決《き》まってんだろ、開《ひら》き直《なお》ってんじゃねぇぞ」

南《みなみ》くんと蓮《れん》さんのこのやりとり、もう恒例《こうれい》な気《き》がする……あはは……。

「お疲《つか》れ、由姫《ゆき》。今日《きょう》も南《みなみ》が騒《さわ》がしくて悪《わる》いな」

ため息《いき》をついているのは、高等部生徒会副会長《こうとうぶせいとかいふくかいちょう》の東舜先輩《あずましゅんせんぱい》。

いつも冷静《れいせい》で賢《かしこ》くて、しっかり者《もの》の頼《たよ》れる先輩《せんぱい》。

「高等部《こうとうぶ》の人《ひと》たち、うるさいですよ。……ゆ、由姫先輩《ゆきせんぱい》、お疲《つか》れさまです」

呆《あき》れた顔《かお》で南《みなみ》くんたちを睨《にら》んでから私《わたし》に視線《しせん》を移《うつ》したのは、二年生《にねんせい》で後輩《こうはい》の八神《やがみ》ルカくん。

「由姫先輩《ゆきせんぱい》、今日《きょう》も世界一《せかいいち》かわいいです」

ルカくんの隣《となり》で目《め》をキラキラさせながら私《わたし》を見《み》ているのが、同《おな》じく後輩《こうはい》の竜牙崎《りゅうがざき》翔《しょう》くんだ。

「あ、あはは……ありがとう」

「おい、お前《まえ》もやめろ」

「あ？　お前《まえ》は黙《だま》ってろよ当《あ》て馬《うま》」

バチバチと火花《ひばな》を散《ち》らしている翔《しょう》くんとルカくん。

この光景《こうけい》も、見慣《みな》れた気《き》がする……あはは。

「み、みんな、今日《きょう》も生徒会《せいとかい》の仕事頑張《しごとがんば》ろうね……！」

……ちなみに生徒会《せいとかい》は実質《じっしつ》、ナンバー1の暴走族《ぼうそうぞく》グループである「noble《ノーブル》」のメンバーで構成《こうせい》されているから、ここにいるみんなはnoble《ノーブル》のメンバーだ。

蓮《れん》さんが総長《そうちょう》、舜先輩《しゅんせんぱい》が副総長《ふくそうちょう》、幹部《かんぶ》のみんなが揃《そろ》っている。

にぎやかなみんなに囲《かこ》まれながら、私《わたし》は自分《じぶん》の席《せき》について途中《とちゅう》まで進《すす》めていた仕事《しごと》を再開《さいかい》した。

よーし、仕事頑張《しごとがんば》るぞ……！

インタビュー？

この調子《ちょうし》なら、今日中《きょうじゅう》に終《お》わりそうだな……。

順調《じゅんちょう》に片《かた》づいていく書類《しょるい》を見《み》て、ほっと一息《ひといき》ついた時《とき》だった。

――バタンッ!!

大《おお》きな音《おと》を立《た》てて、開《ひら》いた生徒会室《せいとかいしつ》の扉《とびら》。

「失礼《しつれい》します……！　新聞部部長《しんぶんぶぶちょう》、新島《にいじま》と申《もう》します！」

突然現《とつぜんあらわ》れたその人《ひと》に、全員《ぜんいん》の視線《しせん》が集《あつ》まった。

新聞部部長《しんぶんぶぶちょう》……？

「あ？　新聞部《しんぶんぶ》がなんのようだ」

「ここは役員以外立《やくいんいがいた》ち入《い》り禁止《きんし》です」

「入《はい》ってくんじゃねぇよ」

拓《たく》ちゃんとルカくんと翔《しょう》くんが、部長《ぶちょう》さんを睨《にら》んだ。

「ひっ……！」

「みんな落《お》ちついて。えっと……どうしたの？」

温厚《おんこう》な海《かい》くんが、みんなの前《まえ》にスッと出《で》て優《やさ》しく事情《じじょう》を聞《き》いている。

いつもは来客《らいきゃく》があるなら事前《じぜん》に報告《ほうこく》があるけど……中等部《ちゅうとうぶ》の生徒会長《せいとかいちょう》である海《かい》くんも聞《き》かされていないってことは、本当《ほんとう》に突然《とつぜん》来たみたいだ。

「ほ、本日《ほんじつ》は、白咲由姫《しらさきゆき》さんと西園寺蓮《さいおんじれん》さんにお願《ねが》いがあって参《まい》りました……！」

え……？　わ、私《わたし》と蓮《れん》さんに、お願《ねが》い……？

首《くび》をかしげて、少《すこ》し離《はな》れたソファで寝《ね》ている蓮《れん》さんを見《み》る。

「蓮《れん》くん、ご指名《しめい》だよ～」

「……あ？」

南《みなみ》くんに起《お》こされた蓮《れん》さんは、いつになく不機嫌《ふきげん》だった。

ひとまず座《すわ》ってもらい、部長《ぶちょう》から話《はなし》を聞《き》くことにした。

「インタビュー？」

「はい……！　ご存《ぞん》じのように新聞部《しんぶんぶ》は毎月《まいつき》、学園新聞《がくえんしんぶん》を発行《はっこう》しているのですが……そこでおふたりのインタビュー記事《きじ》を掲載《けいさい》できればと思《おも》い……！」

メガネをくいっと持《も》ち上《あ》げながら、はきはきと答《こた》えてくれる部長《ぶちょう》さん。

「えっと、インタビュー記事《きじ》っていうのは……」

どういうものだろう……？

「題《だい》して、〝校内一《こうないいち》のビッグカップルＱ＆Ａ《キューアンドエー》！〟というインタビュー記事《きじ》になります！」

しーんと、生徒会室《せいとかいしつ》が静《しず》まる。

「あ、あはは……」

す、すごいタイトル……。

蓮《れん》さんが有名人《ゆうめいじん》だからビッグカップルにしたいんだろうけど……蓮《れん》さんはこういうの好《す》きじゃないと思《おも》うな……。しかも、私《わたし》が『ビッグカップル』なんて呼《よ》ばれるのは、申《もう》し訳《わけ》ない。

そう思《おも》いながら、隣《となり》に座《すわ》っている蓮《れん》さんをちらっと見《み》た。

すると案《あん》の定《じょう》――。

「……」

そ、想像以上《そうぞういじょう》に嫌《いや》そうな顔《かお》っ……。

「誰《だれ》も買《か》わねーだろそんな記事《きじ》」

「需要《じゅよう》ねーよ」

それどころか、拓《たく》ちゃんと翔《しょう》くんがそう言《い》いながら部長《ぶちょう》を睨《にら》んでいた。

学園一有名《がくえんいちゆうめい》な蓮《れん》さんの単独《たんどく》インタビューなら読《よ》む価値《かち》はあると思《おも》うけど、それにしても急《きゅう》だよね……。

「ど、どうしてそんな記事《きじ》を作《つく》ろうと思《おも》ったんですか……？」

「以前《いぜん》、校内人気《こうないにんき》アンケートを取《と》ったところ、おふたりがトップ２だったんです」

トップ２……？

……いやいや……蓮《れん》さんが一位《いちい》なのはわかるけど、私《わたし》が二位《にい》ってこと……？

ぜ、絶対《ぜったい》に何《なに》かの間違《まちが》いだ……。

「それで……おふたりの記事《きじ》を作《つく》れば、必《かなら》ず新聞《しんぶん》が売《う》れると確信《かくしん》しました……！」

メガネの奥《おく》の部長《ぶちょう》の目《め》が、キラキラと輝《かがや》いたのがわかった。

「お願《ねが》いします……！」

そして、テーブルにおでこをつけて深々《ふかぶか》と頭《あたま》を下《さ》げた部長《ぶちょう》。

「前回《ぜんかい》も前々回《ぜんぜんかい》も新聞《しんぶん》が売《う》れなくて、部《ぶ》の存続《そんぞく》のためには活動費《かつどうひ》が必要《ひつよう》なんです……！」

つまり……売《う》り上《あ》げ目的《もくてき》ってこと？

「清々《すがすが》しいくらいのクズだな」

「売《う》り上《あ》げのために由姫先輩《ゆきせんぱい》を利用《りよう》するとか、消《き》えてください」

「正直《しょうじき》なのはいいことだけど、由姫以外《ゆきいがい》に頼《たの》んでもらえると……」

舜先輩《しゅんせんぱい》とルカくん、海《かい》くんも呆《あき》れ顔《がお》だ。

「……帰《かえ》れ」

蓮《れん》さんもきっぱりと断《ことわ》って、部長《ぶちょう》はがっくりと肩《かた》を落《お》としていた。

「じゃあ、僕《ぼく》と由姫《ゆき》の特集《とくしゅう》にしてよ！」

え……？

ずっと黙《だま》って話《はなし》を聞《き》いていた南《みなみ》くんが、にこにこしながら口《くち》を開《ひら》いた。

「僕《ぼく》って人気者《にんきもの》だし、十分《じゅうぶん》ネームバリューあるでしょ？」

「い、いいんですか……!?」

「記事《きじ》のタイトルはそうだな～……未来《みらい》のビッグカップルQ＆A《キューアンドエー》！っていうのはどう？」

未来《みらい》のビッグカップル……？

「もちろん、南《みなみ》さんも五位《ごい》にランクインしていたので、西園寺《さいおんじ》さんが難《むずか》しい場合《ばあい》は〝校内《こうない》で話題《わだい》のコンビ〟と内容《ないよう》を変《か》えますが、ぜひお願《ねが》いしたいです……！」

「五位《ごい》か〜、ちょっとムカつくけど、優《やさ》しい僕《ぼく》が力《ちから》になってあげるよ！　由姫《ゆき》、一緒《いっしょ》に頑張《がんば》ろうね！」

「あ、えっと……」

ど、どうしようっ……。

私《わたし》は質問《しつもん》に答《こた》えるくらいなら協力《きょうりょく》してもいいと思《おも》っているし、新聞部《しんぶんぶ》が困《こま》っているなら手助《てだす》けしたいけど……私《わたし》でいいのかな？

「……潰《つぶ》すぞ」

迷《まよ》っていると、蓮《れん》さんがいつになく鋭《するど》い目《め》で南《みなみ》くんを睨《にら》んでいた。だけど、すぐに私《わたし》に視線《しせん》を向《む》ける。

「ちっ……由姫《ゆき》はどうしたい」

「わ、私《わたし》ですか？」

蓮《れん》さんに聞《き》かれて、答《こた》えに困《こま》ってしまう。

「インタビューくらいなら、協力《きょうりょく》させてもらおうかなって……」

「決《き》まり！　じゃあ僕《ぼく》と由姫《ゆき》への質問考《しつもんかんが》えておいて……いてっ！」

ごつんと、蓮《れん》さんが南《みなみ》くんの頭《あたま》を叩《たた》いた。

い、今《いま》、すごく痛《いた》そうな音《おと》がしたっ……。

「……一回《いっかい》だけだぞ」

部長《ぶちょう》に向《む》かって鬱陶《うっとう》しそうに言《い》うと、ため息《いき》をついた蓮《れん》さん。

「さ、西園寺《さいおんじ》さん……い、いいんですか……!!」

「暴力反対《ぼうりょくはんたい》！　ていうか僕《ぼく》と由姫《ゆき》で十分《じゅうぶん》だって！」

「お前《まえ》は黙《だま》れ」

話《はなし》は終《お》わりだといわんばかりに、蓮《れん》さんは席《せき》を立《た》ってソファに戻《もど》った。

「ありがとうございます！　それでは取材日《しゅざいび》については後日連絡《ごじつれんらく》させていただきます！」

元気《げんき》にお礼《れい》を言《い》って、出《で》ていった部長《ぶちょう》さん。

私《わたし》はそっと蓮《れん》さんに近《ちか》づいて、隣《となり》に座《すわ》った。

「蓮《れん》さん、優《やさ》しいですね」

部長《ぶちょう》さんが相当困《そうとうこま》ってるみたいだったから、放《ほう》って置《お》けなかったのかな。

「……勘違《かんちが》いしてるな」

「え？」

蓮《れん》さんは、優《やさ》しく私《わたし》の頭《あたま》をポンッとなでた。

「俺《おれ》が優《やさ》しくするのは由姫《ゆき》だけだ」

それは……私《わたし》が協力《きょうりょく》したいって言《い》ったから、蓮《れん》さんも付《つ》き合《あ》ってくれるってことかな……？

「ありがとうございますっ……！」

優《やさ》しい蓮《れん》さんに、私《わたし》もお礼《れい》を言《い》った。

初《はじ》めて聞《き》く本音《ほんね》【side 蓮《れん》】

新聞部《しんぶんぶ》の部長《ぶちょう》を名乗《なの》るやつが生徒会室《せいとかいしつ》に乗《の》り込《こ》んできて、由姫《ゆき》とインタビューを受《う》けさせられることになった。

こんな面倒《めんどう》な依頼《いらい》、普通《ふつう》なら断《ことわ》るが、由姫《ゆき》は困《こま》ってるやつがいたら見放《みはな》せない優《やさ》しい人間《にんげん》だ。

由姫《ゆき》が手《て》を貸《か》してやりたいと言《い》うなら、その気持《きも》ちを尊重《そんちょう》したい。

結局《けっきょく》、由姫《ゆき》がしたいと言《い》えば、俺《おれ》はなんだってするだろう。

俺《おれ》と由姫《ゆき》の関係《かんけい》において、主導権《しゅどうけん》は完全《かんぜん》に由姫《ゆき》にあるし、由姫《ゆき》になら喜《よろこ》んで付《つ》き合《あ》う。

しかも、南《みなみ》が俺《おれ》の代《か》わりにインタビューを受《う》けると言《い》い出《だ》して、それも阻止《そし》したかった。

つまり、新聞部《しんぶんぶ》を助《たす》けるとかは心底《しんそこ》どうでもいい。

「それでは、インタビューをはじめさせていただきます！」

インタビューとやらの日《ひ》になり、由姫《ゆき》と指定《してい》された教室《きょうしつ》に来《き》た。

「よ、よろしくお願《ねが》いします」

由姫《ゆき》は緊張《きんちょう》しているのか、かしこまっている姿《すがた》がかわいい。

今回《こんかい》のインタビューを受《う》けるに当《あ》たって、俺《おれ》はいくつか条件《じょうけん》を出《だ》した。

まず、由姫《ゆき》の個人情報《こじんじょうほう》に関《かか》わる質問《しつもん》は一切《いっさい》受《う》けつけないこと。

誕生日《たんじょうび》、家族構成《かぞくこうせい》、出身地《しゅっしんち》……由姫《ゆき》はファンが多《おお》いから、そういう情報《じょうほう》が表《おもて》に出《で》るのは危険《きけん》だ。

他《ほか》にも、踏《ふ》み込《こ》んだ質問《しつもん》は禁止《きんし》にした。

どんな質問《しつもん》をされるのかは知《し》らないが、禁止事項《きんしじこう》に触《ふ》れない内容《ないよう》なら問題《もんだい》ないだろう。

「まず、お互《たが》いの第一印象《だいいちいんしょう》は？」

その質問《しつもん》に、俺《おれ》は息《いき》をのんだ。

一発目《いっぱつめ》から、余計《よけい》な質問《しつもん》を投《な》げてきやがって……。

これは……。

「……拒否《きょひ》する」

……答《こた》えられない。

由姫《ゆき》の第一印象《だいいちいんしょう》については、明確《めいかく》に覚《おぼ》えていた。

今思《いまおも》えば最低《さいてい》だが……〝なんだこいつ〟と思《おも》った。

時代錯誤《じだいさくご》な髪型《かみがた》に顔《かお》が見《み》えないでかいメガネ。弱《よわ》そうなくせに態度《たいど》だけはやけに堂々《どうどう》としていて、チグハグすぎたから。

女《おんな》が嫌《きら》いだったこともあって、関《かか》わるつもりなんて一切《いっさい》なかった。

でも、あの時《とき》の俺《おれ》は見《み》る目《め》がなかったと思《おも》うし、あのあとすぐに由姫《ゆき》に惹《ひ》かれたんだ。

最初《さいしょ》は由姫《ゆき》に対《たい》してひどい態度《たいど》だった記憶《きおく》があるから、正直《しょうじき》……あのころのことは忘《わす》れてほしい。

今《いま》さら消《け》せるものじゃないけど、俺《おれ》の中《なか》からは消《け》し去《さ》りたい過去《かこ》だ。

「えっと……こ、この質問《しつもん》は飛《と》ばしますか？」

俺《おれ》が拒否《きょひ》したからか、由姫《ゆき》が不安《ふあん》そうにこっちを見《み》た。

たぶん、第一印象《だいいちいんしょう》が相当悪《そうとうわる》かったと誤解《ごかい》させたに違《ちが》いない。

「違《ちが》う……よくなかったわけじゃない。俺《おれ》が女《おんな》が嫌《きら》いだったから、先入観《せんにゅうかん》があっただけだ……あの時《とき》は悪《わる》かった」

必死《ひっし》に言《い》い訳《わけ》を並《なら》べる俺《おれ》を見《み》て、由姫《ゆき》が笑顔《えがお》を浮《う》かべた。

「いいんです。蓮《れん》さんの女子嫌《じょしぎら》いはわかってましたし、今《いま》はすごく大事《だいじ》にしてくれてること、ちゃんとわかってます」

由姫《ゆき》……。

もうインタビューなんか放《ほう》り出《だ》して、ここから連《つ》れ出《だ》したい。

今《いま》すぐ抱《だ》きしめたい。

そんな気持《きも》ちを堪《こら》えて、由姫《ゆき》に「ありがとう」と伝《つた》えた。

「そ、それでは、第一問《だいいちもん》はなしにしましょう……！　次《つぎ》は、好《す》きになったのはどちらからですか？」

こういう質問《しつもん》なら、すぐに回答《かいとう》できる。

「俺《おれ》だ」

俺《おれ》の答《こた》えに、由姫《ゆき》が恥《は》ずかしそうに顔《かお》を赤《あか》くした。

俺《おれ》にとっては恥《は》ずかしがるようなことじゃない。

「それじゃあ、告白《こくはく》も……」

「俺《おれ》からだ」

あの時《とき》の由姫《ゆき》はまだ、天王寺《てんのうじ》の恋人《こいびと》だった。

好《す》きになった時《とき》は知《し》らなかったとはいえ、俺《おれ》が伝《つた》えたのは別《わか》れる前《まえ》だ。

由姫《ゆき》から、天王寺《てんのうじ》に別《わか》れを切《き》り出《だ》すって報告《ほうこく》を受《う》けて……思《おも》わず告白《こくはく》していた。

フライングだったとは思《おも》うが、あの時《とき》の行動《こうどう》に後悔《こうかい》はないし、うかうかしていたら他《ほか》のやつに取《と》られていたかもしれない。

「好《す》きになったきっかけは？」

きっかけ……。

挙《あ》げたらキリがない。由姫《ゆき》のことを知《し》るたびに、他《ほか》のやつとはまったく違《ちが》うことに気《き》づいて、何《なに》もかもが優《やさ》しさでできている気《き》がした。

「心《こころ》がキレイだった」

簡潔《かんけつ》にまとめると、そうなる。

由姫《ゆき》の回答《かいとう》が気《き》になって、視線《しせん》を向《む》ける。

「一番辛《いちばんつら》い時《とき》に、助《たす》けてもらって……優《やさ》しいところや頼《たの》もしいところを知《し》るたびに、どんどん惹《ひ》かれていきました」

顔《かお》を赤《あか》くしながら、ぽつぽつと答《こた》える由姫《ゆき》。

……これ、いいな。

〃インタビューなんか誰《だれ》がやるか〃と思《おも》ったが、由姫《ゆき》の気持《きも》ちを面《めん》と向《む》かって聞《き》けるチャンスだ。

こんな機会《きかい》は滅多《めった》にないから、受《う》けてよかったかもしれないと考《かんが》えを改《あらた》め直《なお》した。

「相手《あいて》の好《す》きなところは？」

「全部《ぜんぶ》」

俺《おれ》の答《こた》えを聞《き》いた由姫《ゆき》の顔《かお》が、再《ふたた》び真《ま》っ赤《か》に染《そ》まる。

この質問《しつもん》には、全部《ぜんぶ》としか答《こた》えられない。

由姫《ゆき》は、どう答《こた》えるのか……。

由姫《ゆき》の回答《かいとう》が一切《いっさい》予想《よそう》できず、少《すこ》し怖《こわ》さすらあった。

自分《じぶん》のいいところがひとつも思《おも》い浮《う》かばない上《うえ》に、由姫《ゆき》みたいなできすぎた人間《にんげん》に、好《す》かれる要素《ようそ》が見《み》つからないから。

回答《かいとう》によっては、さすがにへこむかもしれない。

一気《いっき》に怖《こわ》くなって鼓動《こどう》が速《はや》くなった時《とき》、由姫《ゆき》が口《くち》を開《ひら》いたのがわかった。

「わ、私《わたし》も……全部《ぜんぶ》っていうのはダメですか……？」

……は？　本気《ほんき》で、言《い》ってるのか……？

驚《おどろ》いて、由姫《ゆき》のほうを見《み》る。

俺《おれ》に気《き》をつかってるのかと思《おも》ったが、恥《は》ずかしそうな表情《ひょうじょう》が嘘《うそ》をついているようには見《み》えなかった。

全部《ぜんぶ》……。

ダメだ……頬《ほお》が緩《ゆる》む。

こんな欠陥《けっかん》だらけの俺《おれ》のことを、まるごと愛《あい》してくれる由姫《ゆき》は、本当《ほんとう》にできすぎた人間《にんげん》だと思《おも》う。

うれしすぎて、今《いま》は新聞部《しんぶんぶ》に感謝《かんしゃ》したい気分《きぶん》だった。

「それでは次《つぎ》の質問《しつもん》です！　お互《たが》いの直《なお》してほしいところは？」

「ない」

あるわけない。どれだけ探《さが》したって由姫《ゆき》に欠点《けってん》なんかひとつも見当《みあ》たらない。

「私《わたし》もありません」

……いや……俺《おれ》は、欠点《けってん》だらけじゃないか……。

「本当《ほんとう》にないか……？」

思《おも》わず、由姫《ゆき》に尋《たず》ねていた。

この際《さい》だから、聞《き》いておきたい。

これまでに何回《なんかい》かこの質問《しつもん》はしたことがあるし、毎回《まいかい》『ない』って言《い》ってくれるが……付《つ》き合《あ》ってからもう半年以上《はんとしいじょう》がたっているし、不満《ふまん》のひとつやふたつ……出《で》てくる時期《じき》だと思《おも》う。

由姫《ゆき》は完璧《かんぺき》だから直《なお》してほしいことなんかひとつもないが、俺《おれ》は自分《じぶん》で考《かんが》えるだけでも二桁以上《ふたけたいじょう》の欠点《けってん》は余裕《よゆう》である。

嫉妬深《しっとぶか》い、不真面目《ふまじめ》、ユーモアがない、融通《ゆうずう》がきかない……他《ほか》にもごまんと出《で》てきた。

それなのに、俺《おれ》を見《み》て屈託《くったく》のない笑顔《えがお》を浮《う》かべてくれる由姫《ゆき》。

「はい！　ありません」

なんでこんなに、優《やさ》しいんだろうな……。

また由姫《ゆき》に惹《ひ》かれて、昨日《きのう》よりも愛情《あいじょう》が増《ま》していく。

毎日《まいにち》の繰《く》り返《かえ》しだ。

最近《さいきん》はいっそ、どこまで惹《ひ》かれ続《つづ》けていくのか楽《たの》しみでさえあった。

「蓮《れん》さんこそ、本当《ほんとう》にありませんか……？」

「あるわけないだろ。そのままでいてくれ」

「えっと……ラブラブっと……」

俺《おれ》たちを見《み》て、新聞部《しんぶんぶ》の取材者《しゅざいしゃ》がメモを取《と》っていた。


そのあとも質問《しつもん》が続《つづ》いて、ひとつずつ由姫《ゆき》と答《こた》えていった。

「それじゃあ次《つぎ》の質問《しつもん》です！　どちらがベタ惚《ぼ》れだと思《おも》いますか？」

なんだその質問《しつもん》……。

答《こた》えるまでもないと思《おも》ったが、一応口《いちおうくち》を開《ひら》いた。

「俺《おれ》だ」

「わ、私《わたし》です」

俺《おれ》の声《こえ》と、由姫《ゆき》の声《こえ》が重《かさ》なる。

驚《おどろ》いて由姫《ゆき》を見《み》ると、さっき以上《いじょう》に真《ま》っ赤《か》になった由姫《ゆき》がいた。

相当恥《そうとうは》ずかしいのか、俺《おれ》の視線《しせん》から逃《に》げるように俯《うつむ》いた由姫《ゆき》。

この質問《しつもん》の答《こた》えは、確実《かくじつ》に俺《おれ》だ。断言《だんげん》できる。

ただ……由姫《ゆき》が自分《じぶん》のほうだと言《い》ってくれたその気持《きも》ちがうれしすぎた。

「由姫《ゆき》……」

「こ、これは譲《ゆず》りませんっ……」

あー……かわいすぎる。

その仕草《しぐさ》も言葉《ことば》も、全部《ぜんぶ》が俺《おれ》を狂《くる》わせる。

幸《しあわ》せすぎて、心臓《しんぞう》が破裂《はれつ》しそうだ。

「……もう十分答《じゅうぶんこた》えただろ」

「は、はい、今《いま》の質問《しつもん》で最後《さいご》です！」

「由姫《ゆき》、行《い》こう」

早《はや》く由姫《ゆき》とふたりきりになりたくて、小《ちい》さな手《て》を取《と》った。

教室《きょうしつ》を出《で》ようとした時《とき》、ふと思《おも》いついて振《ふ》り返《かえ》る。

せっかくなら……こっちも利用《りよう》させてもらう。

こんなインタビュー、どこに需要《じゅよう》があるんだと思《おも》ったが……ある意味牽制《いみけんせい》にもなるかもしれないな……。

「おい、俺《おれ》の由姫《ゆき》に手出《てだ》したら潰《つぶ》すって書《か》いとけ」

俺《おれ》から由姫《ゆき》を奪《うば》おうとするやつがいるなら、全員《ぜんいん》まとめてかかってくればいい。

諦《あきら》めがつくまで、叩《たた》き潰《つぶ》してやる。

俺《おれ》は由姫《ゆき》の手《て》を握《にぎ》って、部屋《へや》を出《で》た。

ビッグカップル

インタビューが終《お》わって、私《わたし》たちはそのまま寮《りょう》に帰《かえ》った。

私《わたし》の手《て》を繋《つな》いだまま、自分《じぶん》の家《いえ》に入《はい》っていった蓮《れん》さん。

ソファに座《すわ》ると、握《にぎ》った手《て》をグイッと引《ひ》っ張《ぱ》り、自分《じぶん》の足《あし》の間《あいだ》に私《わたし》を座《すわ》らせた。そのまま、うしろからぎゅっと抱《だ》きしめられて、動《うご》けなくなる。

「……さっきの、なんだ」

さ、さっきの……？

「かわいいこと、言《い》いすぎ」

か、かわいいってっ……。

はぁ……というため息《いき》とは違《ちが》う蓮《れん》さんの吐息《といき》が、耳《みみ》にかかってくすぐったい。

「れ、蓮《れん》さんがかわいいって思《おも》うポイントが、わかりません……」

「由姫《ゆき》は全部《ぜんぶ》かわいいんだ。自覚《じかく》しろ」

命令口調《めいれいくちょう》なのに、まるで子《こ》どもに言《い》い聞《き》かせるみたいに優《やさ》しい言《い》い方《かた》。

いつもかわいがってくれる蓮《れん》さんに、ドキドキと心臓《しんぞう》がうるさくなる。

さっきも言《い》ったけど……私《わたし》のほうが、ずっと蓮《れん》さんを好《す》きだと思《おも》うっ……。

それに、蓮《れん》さんにはいつもドキドキさせられてばかり。

「れ、蓮《れん》さんだって、全部《ぜんぶ》かっこいいですよ。自覚《じかく》してください」

私《わたし》がいつも、どれだけきゅんとさせられてるのか……蓮《れん》さんは絶対《ぜったい》にわかってない。

「だから、そういうのもかわいいって言《い》ってるだろ」

抱《だ》きしめる力《ちから》を強《つよ》くして、頭《あたま》にキスしてくる蓮《れん》さん。

「はぁ……ほんとにかわいい。かわいいな」

蓮《れん》さんは、いつも本当《ほんとう》に溶《と》けちゃいそうなほど甘《あま》い。

恥《は》ずかしい気持《きも》ちとうれしい気持《きも》ちと、やっぱり恥《は》ずかしい気持《きも》ちが交互《こうご》に押《お》し寄《よ》せてきて、いつも以上《いじょう》に心臓《しんぞう》が大変《たいへん》なことになっていた。

いったい何《なに》がそんなに刺《さ》さったのかな……？

わからないけど……かわいいって言《い》ってもらえるのは、好《す》きって言《い》ってもらえているみたいで、うれしい……。

「蓮《れん》さんにそう言《い》ってもらえるなら……インタビュー、受《う》けてよかったです」

私《わたし》が毎日蓮《まいにちれん》さんへの好《す》きを更新《こうしん》しているように、蓮《れん》さんにも、もっと好《す》きになってもらえたらいいな……。

そんな願《ねが》いを込《こ》めて、蓮《れん》さんをぎゅっと抱《だ》きしめ返《かえ》した。

「かわいい」

「そ、それしか言《い》えない呪《のろ》いにでもかかりましたか……？」

「呪《のろ》いじゃない。本心《ほんしん》だ。俺《おれ》は嘘《うそ》がつけないからな」

ふっと笑《わら》って、今度《こんど》はおでこにキスをしてきた蓮《れん》さん。

「かわいい。愛《あい》してる」

「わ、私《わたし》だって……負《ま》けません」

ベタ惚《ぼ》れなのは……私《わたし》のほうだからっ……。

「ふはっ、もうほんとに、かわいいな」

たまらないって感《かん》じで、私《わたし》の頭《あたま》をわしゃわしゃした蓮《れん》さん。

そんな蓮《れん》さんに翻弄《ほんろう》されながら、抵抗《ていこう》はやめてされるがままになった。

一週間後《いっしゅうかんご》。

――バンッ！

「失礼《しつれい》します!!」

生徒会室《せいとかいしつ》に再《ふたた》び響《ひび》いた、扉《とびら》の音《おと》と元気《げんき》な声《こえ》。

「白咲《しらさき》さん、西園寺《さいおんじ》さんお疲《つか》れさまです！　新聞《しんぶん》ができあがりました！」

現《あらわ》れた新聞部《しんぶんぶ》の部長《ぶちょう》さんが、得意満面《とくいまんめん》に新聞《しんぶん》を広《ひろ》げた。

もうできたんだっ……。

蓮《れん》さんは興味《きょうみ》なさそうにソファに座《すわ》ったままだけど、私《わたし》は気《き》になって立《た》ち上《あ》がった。

目《め》に入《はい》った新聞《しんぶん》の見出《みだ》しに、目《め》をぎょっと見開《みひら》く。

「す、すごいですね……」

そこには、【西学《さいがく》のビッグカップル特集《とくしゅう》！　甘《あま》すぎるQ&A《キューアンドエー》！】と書《か》かれていた。

あ、甘《あま》すぎるって……絶対《ぜったい》に蓮《れん》さんの回答《かいとう》のことだっ……。

さすがにこの見出《みだ》しは恥《は》ずかしいけど……学内新聞《がくないしんぶん》なのにすごいクオリティ……！

「今日《きょう》のお昼休《ひるやす》みからさっそく販売《はんばい》する予定《よてい》です！　目指《めざ》せ完売《かんばい》！」

ガッツポーズをしている部長《ぶちょう》さんを見《み》て、苦笑《にがわら》いした。

「うげ……何《なに》これ……」

ひょいっとのぞき込《こ》んできた南《みなみ》くんが、あからさまに嫌《いや》そうな顔《かお》をした。

「おい、これまだ販売前《はんばいまえ》だよな？　販売中止《はんばいちゅうし》にしろ」

「世《よ》に出《だ》していいもんじゃねーだろ……」

翔《しょう》くんと拓《たく》ちゃんも、部長《ぶちょう》さんを睨《にら》みつけている。

「ムカつくことしか書《か》いてませんね……」

「やめろ、俺《おれ》に見《み》せるな……」

「こんなの誰《だれ》が買《か》うんですかね？」

ルカくん、舜先輩《しゅんせんぱい》、海《かい》くんまで……こ、酷評《こくひょう》だっ……。

「どうとでも言《い》ってろ」

あれ……？　蓮《れん》さん、起《お》きてたんだ。

なぜか歯《は》を食《く》いしばっているみんなを見《み》て、うれしそうな蓮《れん》さん。

「蓮《れん》くんがいつになく上機嫌《じょうきげん》……ムカつく〜……！」

「そ、それでは失礼《しつれい》いたします！　今回《こんかい》はインタビューを引《ひ》き受《う》けてくださってありがとうございました！」

逃《に》げるように去《さ》っていった部長《ぶちょう》さんに、私《わたし》はぺこりとおじぎをした。

嵐《あらし》みたいな人《ひと》だった……。

ん、この新聞《しんぶん》、なんだろう……？

部長《ぶちょう》さんが忘《わす》れていったのかな……？

テーブルの上《うえ》に、今回《こんかい》の新聞《しんぶん》とは別《べつ》の新聞《しんぶん》が置《お》いてあった。

「超人気生徒会《ちょうにんきせいとかい》のインタビュー？」

【天空学園《てんくうがくえん》のスーパー生徒会《せいとかい》にインタビュー！】と書《か》かれたそれを見《み》て、首《くび》をかしげる。

天空学園《てんくうがくえん》……!?

「もしかして他校《たこう》の新聞《しんぶん》か？」

新聞《しんぶん》を見《み》て、舜先輩《しゅんせんぱい》も不思議《ふしぎ》そうにしている。

そうみたい……なんだかキラキラした人《ひと》たちだな……アイドルみたい。

一面《いちめん》を大《おお》きく飾《かざ》る男《おとこ》の子《こ》たちの写真《しゃしん》を見《み》て、そう思《おも》った。

女《おんな》の子《こ》たちにモテモテの生徒会《せいとかい》って、なんだか蓮《れん》さんたちみたいだ。

生徒会《せいとかい》へのインタビューだけど……これ、恋愛系《れんあいけい》の質問《しつもん》ばっかりな気《き》がする……あはは。

それだけ、彼《かれ》らの恋愛事情《れんあいじじょう》は需要《じゅよう》があるってことなんだろうな。

あれ、女《おんな》の子《こ》もいる……！

その新聞《しんぶん》には写真《しゃしん》はなかったけど、回答《かいとう》の欄《らん》に生徒会《せいとかい》の紅一点《こういってん》と書《か》かれていた。女《おんな》の子《こ》がひとりなんだ……なんだかちょっと、親近感《しんきんかん》……。

どんな人《ひと》かわからないけど……いつか話《はな》してみたいな……！

「あ、そうだ！　生徒会《せいとかい》のインタビューもお願《ねが》いしようよ！　旧生徒会《きゅうせいとかい》の！」

南《みなみ》くんは新聞《しんぶん》を見《み》て思《おも》い立《た》ったのか、いきいきした表情《ひょうじょう》をしている。

「いつも思《おも》うんですけど、その旧生徒会《きゅうせいとかい》ってなんなんですか南《みなみ》さん……無理《むり》やりすぎます」

海《かい》くんは少《すこ》し呆《あき》れた様子《ようす》で、苦笑《にがわら》いする。

「頼《たの》んでどうするつもりだ？」

「最近《さいきん》由姫《ゆき》のファンが鬱陶《うっとう》しいから、牽制《けんせい》するの！　由姫《ゆき》は僕《ぼく》たちのお姫様《ひめさま》だよ〜って！」

南《みなみ》くんの答《こた》えに、舜先輩《しゅんせんぱい》も呆《あき》れた顔《かお》になっていた。

「そんな牽制《けんせい》しなくても、十分伝《じゅうぶんつた》わってるでしょ」

「由姫先輩《ゆきせんぱい》は生徒会《せいとかい》のものじゃなくて、俺《おれ》のものです」

「黙《だま》れ消《き》えろ、お前《まえ》のもんじゃねーよタコ」

ふっと笑《わら》ったルカくんと、バチバチ睨《にら》み合《あ》っている翔《しょう》くんと拓《たく》ちゃん。

な、なんだか空気《くうき》がよくない……。

「てめーで勝手《かって》に作《つく》ってろ」

いつもはみんなのやりとりを傍観《ぼうかん》している蓮《れん》さんが、そう言《い》って鼻《はな》で笑《わら》った。

「自分《じぶん》はインタビューされたからって、余裕《よゆう》こいて……ムカつく〜〜……！」

南《みなみ》くん、そんなにインタビュー受《う》けたかったのかな……？

蓮《れん》さんの本音《ほんね》を聞《き》けたし、インタビューを受《う》けてよかったとは思《おも》うけど……私《わたし》はもう遠慮《えんりょ》したいな……あはは……。

——後日《ごじつ》。

その新聞《しんぶん》は無事《ぶじ》に即日完売《そくじつかんばい》したらしく、当日《とうじつ》のうちに再販《さいはん》が決定《けってい》したそう。

ただ、一部《いちぶ》の生徒《せいと》から苦情《くじょう》が殺到《さっとう》して、noble《ノーブル》とfatal《フェイタル》の幹部《かんぶ》によって廃棄活動《はいきかつどう》が行《おこな》われたのは、また別《べつ》のお話《はなし》――。

Utaite!
ウタイテ！
天空学園《てんくうがくえん》、生徒会《せいとかい》インタビュー！
空《そら》への恋《こい》のQ《キュー》&《アンド》A《エー》が、
スカイライトに波乱《はらん》を巻《ま》き起《お》こす…？
＊あいら＊・著
茶乃《ちゃの》ひなの・絵

キャラクター紹介《しょうかい》

スカイライト

女子《じょし》中学生《ちゅうがくせい》を中心《ちゅうしん》に大人気《だいにんき》の五《ご》人組《にんぐみ》歌《うた》い手《て》グループ。メンバー全員《ぜんいん》、天気《てんき》にまつわる名前《なまえ》。顔出《かおだ》しはしていないため、容姿《ようし》はトップシークレット。全員超美声《ぜんいんちょうびせい》で、たくさんのファンを魅了《みりょう》している。

中《ちゅう》1

日和《ひより》空《そら》

イラストを描《か》くことが大好《だいす》きで、目《め》立《だ》つことと男《おとこ》の子《こ》が苦手《にがて》な女《おんな》の子《こ》。

中《ちゅう》1

天陽《てんよう》晴《はれ》

笑顔《えがお》がまぶしい元気《げんき》なさわやかイケメン男《だん》子《し》。クラスの人気者《にんきもの》で運動神経抜群《うんどうしんけいばつぐん》。

中《ちゅう》1

稲妻《いなづま》雷《らい》

ぶっきらぼうで怒《おこ》りっぽいけど、正直者《しょうじきもの》で誰《だれ》よりも情《じょう》に厚《あつ》いタイプ。

中《ちゅう》1

雫川《しずくがわ》雨《あめ》

青《あお》い髪色《かみいろ》でおっとりしていて、ふわふわした雰《ふん》囲気《いき》のいやし系男子《けいだんし》。

中《ちゅう》2

氷花《ひょうか》雪《ゆき》

天空学園理事長《てんくうがくえんりじちょう》のひとり息子《むすこ》で生徒会長《せいとかいちょう》。王《おう》子《じ》さまタイプ。

中《ちゅう》2

夜霧《やぎり》雲《くも》

生徒会副会長《せいとかいふくかいちょう》。物静《ものしず》かで口《くち》数《かず》が少《すく》なく、何《なに》を考《かん》えているかわからないクール男子《だんし》。

あらすじ

超人気《ちょうにんき》
歌《うた》い手《て》グループの
メンバーと、
ドキドキな学園生活《がくえんせいかつ》!?

私《わたし》、中学《ちゅうがく》1年生《ねんせい》の普通《ふつう》の女《おんな》の子《こ》、空《そら》。じつはみんなにはナイショで少女漫画家《しょうじょまんがか》として活動《かつどう》してるんだ。

でも、その秘密《ひみつ》を校内《こうない》でモテモテの男子《だんし》・天陽《てんよう》くんに知《し》られちゃったの！

しかも、スカイライトのメンバーでもある天陽《てんよう》くんから「俺《おれ》たちのイラストを描《か》いてほしい」なんてお願《ねが》いされて…。

私《わたし》の学園生活《がくえんせいかつ》、
いったいどうなっちゃうの!?

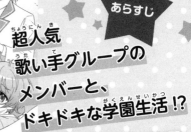

新聞部《しんぶんぶ》からの依頼《いらい》

私《わたし》の名前《なまえ》は日和空《ひよりそら》。

私立天空学園《しりつてんくうがくえん》に通《かよ》う、中学一年生《ちゅうがくいちねんせい》。

好《す》きなことは絵《え》を描《か》くことで、じつは『そらいろ』というペンネームで誰《だれ》にもナイショで漫画家《まんがか》として活動《かつどう》している。

トラウマがあって、男《おとこ》の子《こ》が苦手《にがて》な男《おとこ》の子《こ》恐怖症《きょうふしょう》になった私《わたし》は、男《おとこ》の子《こ》と関《かか》わることを避《さ》けて生《い》きてきた。

そんな私《わたし》が唯一話《ゆいいつはな》せるのは、同《おな》じクラスの人気者《にんきもの》、天陽晴《てんようはれ》くんだった。

ある日《ひ》、私《わたし》が『そらいろ』だってことが、晴《はれ》くんにバレてしまって……。

『俺《おれ》たちの、イラストを描《か》いてくれないかな』

晴《はれ》くんが、大人気歌《だいにんきうた》い手《て》グループのメンバーだってことも、知《し》ってしまったんだ。

しかも、晴《はれ》くんだけじゃなくて、他《ほか》のメンバーも同《おな》じ学校《がっこう》の生徒会役員《せいとかいやくいん》だった。

晴《はれ》くんたちのグループ、「スカイライト」のイラストレーターになってほしいって頼《たの》まれた時《とき》は、正直驚《しょうじきおどろ》いたし、一度《いちど》は断《ことわ》ったけど……私《わたし》も自分《じぶん》を変《か》えたくて、自分《じぶん》の意思《いし》でスカイライトの専属《せんぞく》イラストレーターになることを決《き》めた。

今《いま》は専属《せんぞく》イラストレーターとして、生徒会役員《せいとかいやくいん》として、みんなと一緒《いっしょ》にいさせてもらっている。


いつものように、授業《じゅぎょう》が終《お》わって晴《はれ》くんと生徒会室《せいとかいしつ》に向《む》かう。

「空《そら》、なんだか疲《つか》れてない？」

「え？　そんなことないけど……もしかしたら、六時間目《ろくじかんめ》が体育《たいいく》だったからかな……」

「空《そら》、体育苦手《たいいくにがて》って言《い》ってたもんね……無理《むり》はしないでね」

優《やさ》しく微笑《ほほえ》んでくれる晴《はれ》くんに、私《わたし》も笑顔《えがお》を返《かえ》す。

晴《はれ》くんは、いつも私《わたし》のことを気《き》づかってくれて、頼《たよ》りになるヒーローみたいな人《ひと》だ。

「空《そら》ー！」

生徒会室《せいとかいしつ》について中《なか》に入《はい》ると、雷《らい》くんが駆《か》け寄《よ》ってきてくれた。

「遅《おそ》かったな！」

稲妻雷《いなづまらい》くん。元気《げんき》いっぱいでいつも明《あか》るい、スカイライトの黄色担当《きいろたんとう》。

「ちょっと帰《かえ》りのホームルームが長引《ながび》いてたの」

「空《そら》ちゃん、お疲《つか》れさま〜」

癒《い》やしの笑顔《えがお》を浮《う》かべているのは、スカイライトの水色担当《みずいろたんとう》、雫川雨《しずくがわあめ》くん。

かわいい系《けい》のふわふわ男子《だんし》……かと思《おも》いきや、空手《からて》の大会《たいかい》で全国一位《ぜんこくいちい》になった過去《かこ》を持《も》っていたり、かっこよさとかわいさを兼《か》ね揃《そろ》えた男《おとこ》の子《こ》だ。

「待《ま》ってた。今日《きょう》もかわいいな、空《そら》」

さらっと甘《あま》いセリフを口《くち》にしたのは、黒色担当《くろいろたんとう》の夜霧雲《やぎりくも》くん。

クールで女《おんな》の子《こ》が苦手《にがて》な雲《くも》くんだったけど……じつは、女《おんな》の子《こ》恐怖症《きょうふしょう》の克服《こくふく》を手《て》伝《つだ》っている時《とき》に告白《こくはく》されたんだ。

告白《こくはく》はいったん保留《ほりゅう》にさせてもらっているけど……それ以来《いらい》、会《あ》うたびに甘《あま》いセリフを口《くち》にするようになった雲《くも》くんに、私《わたし》はたじたじになっていた。

「やめろ雲《くも》……！　この抜《ぬ》け駆《が》け野郎《やろう》……！」

「そうだよ雲《くも》くん〜、空《そら》ちゃんが困《こま》ってるでしょ〜」

雷《らい》くんと雨《あめ》くんに注意《ちゅうい》されて、雲《くも》くんは「そうか」とつぶやいた。

今日《きょう》も、雲《くも》くんはマイペースだ……あはは。

というか……雪《ゆき》くんはどうしたんだろう？

スカイライトの、もうひとりのメンバー。

姿《すがた》が見当《みあ》たらず、キョロキョロとまわりを見《み》る。

「空《そら》、どうした？」

「雲《くも》くん、あの、雪《ゆき》くんは？」

「ああ、雪《ゆき》は新聞部《しんぶんぶ》に呼《よ》び出《だ》されたんだ。もうすぐ来《く》ると思《おも》うぞ」

新聞部《しんぶんぶ》……？

不思議《ふしぎ》に思《おも》った時《とき》、生徒会室《せいとかいしつ》の扉《とびら》が開《ひら》いた。

「あ、みんなもう揃《そろ》ってたんだ。お疲《つか》れさま」

雪《ゆき》くんが入《はい》ってきて、私《わたし》も「お疲《つか》れさま」と挨拶《あいさつ》をした。

スカイライトのリーダーを務《つと》めている、氷花雪《ひょうかゆき》くん。生徒会長《せいとかいちょう》もしていて、みんなの頼《たよ》れるリーダーだ。

優《やさ》しくて気《き》づかいができて、いつも穏《おだ》やかな表情《ひょうじょう》を浮《う》かべている雪《ゆき》くんだけど、怒《おこ》らせると怖《こわ》い一面《いちめん》もある。あはは……。

雪《ゆき》くん、少《すこ》し疲《つか》れた顔《かお》してるような……。

心配《しんぱい》になってじっと見《み》つめると、雪《ゆき》くんはそんな私《わたし》に気《き》づいて顔《かお》を真《ま》っ赤《か》にした。

「そ、空《そら》ちゃん、どうしたの……!?　そ、そんなじっと見《み》つめて……」

「なんだか雪《ゆき》くん、疲《つか》れてるように見《み》えて……」

私《わたし》の言葉《ことば》を聞《き》いて、雪《ゆき》くんが「あ……」と声《こえ》をもらしていた。

「そんなに顔《かお》に出《で》てたかな？　じつは……新聞部《しんぶんぶ》から、困《こま》った依頼《いらい》をされたんだ」

困《こま》った依頼《いらい》……？

いったいなんだろう。

雪《ゆき》くんは「はぁ……」とため息《いき》をついて、頭《あたま》を押《お》さえた。

「生徒会委員《せいとかいいいん》に、インタビューしたいらしくて……」

インタビュー？

な、なんだか、芸能人《げいのうじん》みたい……あはは。

スカイライトのみんなは校内《こうない》でアイドル的《てき》な人気《にんき》を誇《ほこ》っているって、よくまわりの女《おんな》の子《こ》たちが話《はな》しているけど、本当《ほんとう》にアイドルみたいっ……。

「またかよ……俺《おれ》はごめんだぞ」

「もちろんわかってるよ。だからいつもは断《ことわ》ってるんだけど、今回《こんかい》はちょっとしつこいというか……はぁ……」

いつも疲《つか》れを見《み》せない雪《ゆき》くんがため息《いき》をつくなんて、新聞部《しんぶんぶ》の圧《あつ》は相当《そうとう》みたいだ。

「『また』とか『今回《こんかい》は』ってことは……こういう依頼《いらい》って頻繁《ひんぱん》にあるの？」

「うん、新聞部《しんぶんぶ》は定期的《ていきてき》にお願《ねが》いしてくるんだ。じつは前《まえ》にもインタビューを受《う》けた時《とき》に、新聞《しんぶん》がすごく売《う》れたみたいで、それで味《あじ》をしめたみたい……どうやら、新聞部《しんぶんぶ》の売《う》り上《あ》げが厳《きび》しい状態《じょうたい》らしくて……生徒会《せいとかい》のインタビューを記事《きじ》にして売《う》ろうって魂胆《こんたん》みたい。新聞部存続《しんぶんぶそんぞく》のために頼《たの》むってしつこいんだ」

人気者《にんきもの》は大変《たいへん》だなぁと思《おも》いながら尋《たず》ねると、雪《ゆき》くんがうんざりしながら答《こた》えてくれる。

な、なるほど……。

なんだかちょっと生々《なまなま》しいな……。

「休《やす》み時間《じかん》のたびに追《お》いかけられてるんだ……これ以上《いじょう》しつこくされたら、訴《うった》えようかな……」

雪《ゆき》くんが言《い》うと冗談《じょうだん》に聞《き》こえなくて、苦笑《にがわら》いする。

「俺《おれ》も、インタビューはちょっとな……」

「プライベートなこと、なんで答《こた》えねーといけないんだよ」

「僕《ぼく》も、自分《じぶん》のことはあんまり教《おし》えたくない」

「……ああ」

晴《はれ》くんも雷《らい》くんも雨《あめ》くんも雲《くも》くんも、みんなインタビューを受《う》けることについてうしろ向《む》きみたいだった。

「インタビューって個人的《こじんてき》な質問《しつもん》が多《おお》いの？　生徒会《せいとかい》の仕事《しごと》についてじゃなくて？」

「前《まえ》に受《う》けた取材《しゅざい》は、個人的《こじんてき》な質問《しつもん》しかなかったよ。好《す》きな子《こ》のタイプとか苦手《にがて》なタイプとか、初恋《はつこい》とか、彼女《かのじょ》はいるのかとか……」

や、やっぱり、アイドルみたい……はは……。

でも……新聞部《しんぶんぶ》がしつこく依頼《いらい》してくるってことは、みんなのインタビューに需要《じゅよう》があるってことで……。

「それだけ生徒会《せいとかい》が人気《にんき》ってことだね」

やっぱり、みんなはすごいな……。

超人気歌い手《ちょうにんきうたて》グループ「スカイライト」のメンバーであり、学校《がっこう》では大人気《だいにんき》の生徒会《せいとかい》役員《やくいん》。

いつだって注目《ちゅうもく》を集《あつ》めているみんなが、私《わたし》にはまぶしく見《み》えた。

「……あ」

ん……？

何《なに》か思《おも》いついたみたいに、声《こえ》を上《あ》げた雨《あめ》くん。

どうしたんだろう……？

「雪《ゆき》くん、それって……生徒会役員《せいとかいやくいん》への依頼《いらい》なんだよね……？」

「うん、そうだよ」

「つまり……」

雨《あめ》くんは、なぜか私《わたし》のことをじっと見《み》た。

な、なんだろう……？

首《くび》をかしげてみんなを見《み》ると、みんなも雨《あめ》くんを見《み》て、同《おな》じように閃《ひらめ》いた顔《かお》をしていた。

「雨《あめ》、お前《まえ》……やっぱ天才《てんさい》だな！」

「……なるほどな」

「たしかに……僕《ぼく》たちにとってもチャンスってことか……」

「自分《じぶん》も答《こた》えないといけないっていう代償《だいしょう》はでかいけど……それでもお釣《つ》りが出《で》るくらい有益《ゆうえき》な情報《じょうほう》が手《て》に入《はい》る……」

雷《らい》くんも雲《くも》くんも雪《ゆき》くんも晴《はれ》くんも、みんなぶつぶつ何《なに》を言《い》ってるんだろう……？

「……インタビュー、引《ひ》き受《う》けようか」

雪《ゆき》くんの言葉《ことば》に、私《わたし》は目《め》を見開《みひら》いた。

「えっ……急《きゅう》にどうしたの？　何回《なんかい》も断《ことわ》ってたんだよね？　他《ほか》のみんなは嫌《いや》なんじゃないのかな……？」

満場一致《まんじょういっち》で嫌《いや》がっていたから、無理《むり》に引《ひ》き受《う》ける必要《ひつよう》はないと思《おも》うけど……。

そう思《おも》いながら雪《ゆき》くん以外《いがい》のみんなを見《み》ると、なぜかみんなの顔《かお》にはやる気《き》がみなぎっている。

「いや、俺《おれ》は受《う》けてやってもいいぜ」

「……俺《おれ》もだ」

「僕《ぼく》も僕《ぼく》も〜！」

雪《ゆき》くんに賛同《さんどう》するように雷《らい》くんが手《て》を挙《あ》げると、雲《くも》くんと雨《あめ》くんもあとに続《つづ》いた。

みんなが引《ひ》き受《う》けてもいいなら反対《はんたい》はしないけど……どうして急《きゅう》に心変《こころが》わりしたんだろう。

「やっぱり、困《こま》ってる人《ひと》は見《み》すごせないよね」

そう言《い》って微笑《ほほえ》んだ晴《はれ》くんに同意《どうい》するように、雪《ゆき》くんも笑顔《えがお》を浮《う》かべてうなずいた。

「僕《ぼく》たちは生徒会役員《せいとかいやくいん》なんだから、できる限《かぎ》り他《ほか》の生徒《せいと》からのお願《ねが》いは聞《き》いてあげないと。新聞部《しんぶんぶ》のために、一肌脱《ひとはだぬ》ごうか」

なるほど……！

生徒《せいと》のためになんて、やっぱりみんなはすごいな。

生徒会《せいとかい》が尊敬《そんけい》されている理由《りゆう》が、改《あらた》めてわかった。

「みんな優《やさ》しいね」

嫌《いや》なことも引《ひ》き受《う》けるなんて、生徒会《せいとかい》の鑑《かがみ》だなあ……。

「ま、まあな……！」

「…………」

雷《らい》くん、雲《くも》くん……？

「ふふっ、役員《やくいん》として当然《とうぜん》だよね」

「ちょっと罪悪感《ざいあくかん》あるけど……」

「晴《はれ》、余計《よけい》なこと言《い》わない……！」

雨《あめ》くんも晴《はれ》くんも雪《ゆき》くんも……どうしちゃったんだろう。

こそこそ話《はな》しているみんなを不思議《ふしぎ》に思《おも》いながらも、尊敬《そんけい》の気持《きも》ちが膨《ふく》らんだ。

生徒会《せいとかい》インタビュー【side晴《はれ》】

放課後《ほうかご》の生徒会《せいとかい》の時間《じかん》。いつものように空《そら》と一緒《いっしょ》に生徒会室《せいとかいしつ》に来《く》ると、疲《つか》れた顔《かお》をした雪《ゆき》が遅《おく》れて現《あらわ》れた。

「じつは……新聞部《しんぶんぶ》から、困《こま》った依頼《いらい》をされたんだ。生徒会委員《せいとかいいいん》に、インタビューしたいらしくて……」

雪《ゆき》の言葉《ことば》に、俺《おれ》もため息《いき》をつきたくなった。

「またかよ……俺《おれ》はごめんだぞ」

「もちろんわかってるよ。だから断《ことわ》ってるんだけど、今回《こんかい》はちょっとしつこいというか、はぁ……」

雷《らい》も他《ほか》のみんなも、空以外全員《そらいがいぜんいん》うんざりした顔《かお》をしている。

「俺《おれ》も、インタビューはちょっとな……」

「プライベートなこと、なんで答《こた》えねーといけないんだよ」

「僕《ぼく》も、自分《じぶん》のことはあんまり教《おし》えたくない」

「……ああ」

じつは、インタビューを受《う》けたことは一度《いちど》だけあった。

その時《とき》もしつこく頼《たの》まれて、一回《いっかい》だけという条件《じょうけん》で引《ひ》き受《う》けたけど、どうやらその時《とき》の新聞《しんぶん》が即日完売《そくじつかんばい》して、新聞部《しんぶんぶ》は味《あじ》をしめたらしい。

ことあるごとにもう一度《いちど》インタビューを受《う》けてくれと頼《たの》んでくるようになって、みんなうんざりしていた。

どうせもう一回《いっかい》だけならって言《い》って引《ひ》き受《う》けても、何回《なんかい》も依頼《いらい》してくるだろうし……もうインタビューはごめんだ。

「インタビューって個人的《こじんてき》な質問《しつもん》が多《おお》いの？　生徒会《せいとかい》の仕事《しごと》についてじゃなくて？」

「前《まえ》に受《う》けた取材《しゅざい》は、個人的《こじんてき》な質問《しつもん》しかなかったよ。好《す》きな子《こ》のタイプとか、初恋《はつこい》とか、彼女《かのじょ》はいるのかとか……」

雪《ゆき》の言《い》うとおり、前回《ぜんかい》のインタビュー内容《ないよう》は個人的《こじんてき》な質問《しつもん》ばかりだった。

というか、個人的《こじんてき》な質問《しつもん》しかなかった。

雪《ゆき》も雲《くも》も雨《あめ》も雷《らい》も、みんなかっこいいし生徒会《せいとかい》のメンバーがモテているのは知《し》っているけど……どうして恋愛指向《れんあいしこう》を全校生徒《ぜんこうせいと》に公開《こうかい》しないといけないんだろう。

男友達《おとこともだち》からもいじられたり、前回《ぜんかい》は本当《ほんとう》に散々《さんざん》だった……。

もうあんな思《おも》いはしたくないし、できれば新聞部《しんぶんぶ》とも関《かか》わりたくない。

「それだけ生徒会《せいとかい》が人気《にんき》ってことだね」

そう言《い》って微笑《ほほえ》む空《そら》に、疲《つか》れた心《こころ》が癒《い》やされた。

空《そら》は、ほんとにかわいい。

そんなことを考《かんが》えていると――。

「……あ」

唐突《とうとつ》に声《こえ》を上《あ》げた雨《あめ》。

どうしたんだ……?

「雪《ゆき》くん、それって……生徒会役員《せいとかいやくいん》への依頼《いらい》なんだよね……?」

「うん、そうだよ」

「つまり……」

そう言《い》って、空《そら》をじっと見《み》る雨《あめ》。

……なるほど、そういうことか。

インタビューは〝生徒会《せいとかい》への依頼《いらい》〟。

生徒会役員《せいとかいやくいん》には、空《そら》も含《ふく》まれる。

つまり……空《そら》のインタビューの答《こた》えも聞《き》けるってことだ。

たしか前回《ぜんかい》、好《す》きなタイプとか、苦手《にがて》なタイプとか、髪型《かみがた》とか性格《せいかく》とか……ずいぶん細《こま》かいところまで聞《き》かれた記憶《きおく》がある。

空《そら》の恋愛《れんあい》に関《かん》する話《はなし》が聞《き》けるなら……金輪際《こんりんざい》受《う》けないと思《おも》っていたインタビューも、絶好《ぜっこう》の機会《きかい》のように思《おも》えた。

「雨《あめ》、お前《まえ》……やっぱ天才《てんさい》だな！」

「……なるほどな」

「たしかに……僕《ぼく》たちにとってもチャンスってことか……」

どうやら、雷《らい》と雲《くも》と雪《ゆき》もノリ気《き》になったみたいだ。

「……インタビュー、引《ひ》き受《う》けようか」

「えっ……急《きゅう》にどうしたの？　何回《なんかい》も断《ことわ》ってたんだよね？　他《ほか》のみんなは嫌《いや》なんじゃないのかな……？」

空《そら》が不思議《ふしぎ》がるのも無理《むり》はないけど、これは俺《おれ》たちに与《あた》えられたチャンス。

逃《のが》すわけにはいかない……！

「僕《ぼく》たちは生徒会役員《せいとかいやくいん》なんだから、できる限《かぎ》り他《ほか》の生徒《せいと》からのお願《ねが》いは聞《き》いてあげないと。新聞部《しんぶんぶ》のために、一肌脱《ひとはだぬ》ごうか」

清々《すがすが》しいくらいの雪《ゆき》の笑顔《えがお》。

「みんな優《やさ》しいね」

尊敬《そんけい》の眼差《まなざ》しを向《む》けてくる空《そら》に、さすがに罪悪感《ざいあくかん》を覚《おぼ》えた。

空《そら》……騙《だま》したみたいになってごめんね。

でも……どうしても知《し》りたい。

空《そら》の好《この》みに、少《すこ》しでも近《ちか》づきたいから……。

今日《きょう》は生徒会《せいとかい》の仕事《しごと》がほとんどなかったから、空《そら》は漫画《まんが》の仕事《しごと》をするため先《さき》に帰宅《きたく》した。

「雪《ゆき》、早《はや》く新聞部《しんぶんぶ》にインタビュー受《う》けるって言《い》ってくれよ！」

待《ま》ちきれないといった様子《ようす》で、雷《らい》が雪《ゆき》を見《み》た。

「うん、電話番号押《でんわばんごうお》しつけられてたから、それ見《み》て連絡《れんらく》する」

雪《ゆき》も善《ぜん》は急《いそ》げタイプだから、ポケットから新聞部《しんぶんぶ》の名刺《めいし》を取《と》り出《だ》して、電話《でんわ》をかけはじめた。

うわぁ……。何枚《なんまい》も名刺《めいし》を持《も》ってるし、相当《そうとう》しつこく頼《たの》まれたんだろうな……。

「生徒《せいと》会長《かいちょう》の氷花《ひょうか》ですけど」

〈会長《かいちょう》……!? もしかして、インタビューの件《けん》ですか!?〉

新聞部《しんぶんぶ》の部長《ぶちょう》のものか、大《おお》きな声《こえ》がスマホからもれている。

「うん、今回《こんかい》、みんなで話《はな》し合《あ》って引《ひ》き受《う》けさせてもらうことにしたよ。ただし、今回《こんかい》が最後《さいご》にしてほしい。本当《ほんとう》に」

〈ありがとうございます……! それじゃあさっそく、明後日《あさって》か明明後日《しあさって》にお願《ねが》いできればと……!〉

「みんな、明後日《あさって》でも平気《へいき》?」

俺《おれ》も雨《あめ》も雷《らい》も雲《くも》も、こくこくとうなずいた。

「うん、明後日《あさって》で大丈夫《だいじょうぶ》。それじゃあ僕《ぼく》たちが六人《ろくにん》で新聞部《しんぶんぶ》の部室《ぶしつ》に向《む》かわせてもらうね」

〈六人《ろくにん》……? あ、今回《こんかい》のインタビューは、生徒会《せいとかい》の男性役員《だんせいやくいん》五名《ごめい》だけで大丈夫《だいじょうぶ》ですので……!〉

もしかして、空《そら》を除《のぞ》いた俺《おれ》たちだけってこと……？

「いや、そんなの受《う》ける意味《いみ》ねーだろ！」

「何《なに》を言《い》ってるんだろうね～」

「……空《そら》がいることが条件《じょうけん》だ」

雷《らい》と雨《あめ》と雲《くも》が口々《くちぐち》に不満《ふまん》を口《くち》にして、あからさまに顔《かお》をしかめている。笑顔《えがお》の雨《あめ》も目《め》が笑《わら》っていない。

「生徒会《せいとかい》は六人《ろくにん》なんだけど？」

雪《ゆき》も、声《こえ》を低《ひく》くして聞《き》き返《かえ》していた。

〈あっ、は、はい！　ぜひ六人《ろくにん》でお願《ねが》いいたします……！〉

雪《ゆき》の圧《あつ》に負《ま》けたのか、言《い》い直《なお》した新聞部《しんぶんぶ》の部長《ぶちょう》。

「うん。それじゃあ楽《たの》しみにしてるよ」

雪《ゆき》のご機嫌《きげん》も直《なお》って、笑顔《えがお》で電話《でんわ》を切《き》った。

「ってことで、インタビューは明後日《あさって》に決定《けってい》したよ」

「よっしゃ……！　空《そら》の情報《じょうほう》を知《し》るいい機会《きかい》だ……！」

「空《そら》ちゃんって、自分《じぶん》から恋愛《れんあい》の話《はなし》しないもんね～」

「まず、自分《じぶん》のことを話《はな》さないからな……」

ふたりの言《い》うとおり、空《そら》は自分《じぶん》のことをあまり話《はな》さない。

自己主張《じこしゅちょう》しない控《ひか》えめなところは好《す》きだけど、だからこそ空《そら》の好《す》きな人《ひと》のタイプや好《す》きなものを知《し》れる機会《きかい》は少《すく》なかった。

俺《おれ》は積極的《せっきょくてき》に聞《き》くほうだけど、さすがにタイプとか恋愛系《れんあいけい》の質問《しつもん》は、しすぎると変《へん》に思《おも》われるかもしれないし、嫌《きら》われるのは避《さ》けたい……。

でも、インタビューって名目《めいもく》があるなら俺《おれ》たちは無敵《むてき》だ。

「そうだ！　インタビューって体《てい》でなんでも聞《き》ける機会《きかい》だし、俺《おれ》たちも質問《しつもん》したいこと考《かんが》えておこうぜ！」

雷《らい》から出《で》たとは思《おも》えないほどの名案《めいあん》に、全員《ぜんいん》が顔《かお》を明《あか》るくさせた。

「ほんとだね。空《そら》ちゃんに聞《き》きたいことは山《やま》ほどあるし……」

「僕《ぼく》も僕《ぼく》も～！」

「俺《おれ》も整理《せいり》しておく」

俺《おれ》も……この機会《きかい》に、聞《き》きたいことを選《えら》んでおこう。

明後日《あさって》、楽《たの》しみだな……。

気《き》になるA《アンサー》

新聞部《しんぶんぶ》のインタビューの話《はなし》はとんとん拍子《びょうし》で進《すす》んだらしく、引《ひ》き受《う》けた日《ひ》の二日後《ふつかご》に決《き》まった。

当日《とうじつ》になり、みんなで新聞部《しんぶんぶ》の部室《ぶしつ》に向《む》かう。

「あの……ほ、本当《ほんとう》に私《わたし》も呼《よ》ばれたの……？」

てっきりインタビューを受《う》けるのは五人《ごにん》だけだと思《おも》っていたのに、どうして私《わたし》も一緒《いっしょ》に向《む》かってるんだろう……。

雪《ゆき》くんが『六人全員《ろくにんぜんいん》で呼《よ》ばれた』って言《い》っていたけど……私《わたし》のインタビューなんて、誰《だれ》も求《もと》めてないと思《おも》う……あはは。

卑下《ひげ》しているわけじゃなくて、モテモテで人気者《にんきもの》のみんなと違《ちが》って、私《わたし》はどう考《かんが》えたって需要《じゅよう》がないのに……。

「空《そら》ちゃんも生徒会《せいとかい》の一員《いちいん》でしょ？」

雪《ゆき》くんの笑顔《えがお》に、どう返事《へんじ》をすればいいかわからない。

そう言《い》ってもらえるのはうれしいけど、新聞部《しんぶんぶ》の人《ひと》も私《わたし》が来《き》たら困《こま》るんじゃないかな……。

「もし空《そら》が嫌《いや》なら、無理《むり》にとは言《い》わないけど……」

私《わたし》が嫌《いや》がっていると思《おも》ったのか、晴《はれ》くんが心配《しんぱい》そうに顔《かお》をのぞき込《こ》んできた。

「お、おい、晴《はれ》っ……！」

なぜか雨《あめ》くんやみんなが、焦《あせ》った顔《かお》で私《わたし》と晴《はれ》くんを見《み》る。

「だって、空《そら》の気持《きも》ちが最優先《さいゆうせん》でしょ」

晴《はれ》くん……。やっぱり優《やさ》しいな……。

「ううん、平気《へいき》だよ。私《わたし》がいたら売《う》り上《あ》げが下《さ》がっちゃうんじゃないかって心配《しんぱい》しただけで……」

「そんなわけないよ。空《そら》のインタビューなんて、需要《じゅよう》しかないから」

そ、それはさすがに言《い》いすぎでは……。

そう思《おも》ったけど、晴《はれ》くんが満面《まんめん》の笑顔《えがお》だから口《くち》には出《だ》さないでおいた。

「そんなこと言《い》って、自分《じぶん》が聞《き》きたいだけだろ」

「そ、そういうつもりじゃないよ」

雷《らい》くんと晴《はれ》くん……さっきから、なんの話《はなし》だろう……？

「ここが新聞部《しんぶんぶ》だよ」

あっ……もうついたっ……。

雪《ゆき》くんが扉《とびら》を開《あ》けてくれて、みんなで中《なか》に入《はい》った。

「し、失礼《しつれい》します……」

「ようこそ生徒会《せいとかい》のみなさま……！　さ、どうぞお座《すわ》りください……！」

全員《ぜんいん》と思《おも》われる部員《ぶいん》のみんなに盛大《せいだい》に迎《むか》えられ、案内《あんない》されるがままソファに座《すわ》らせてもらった。

取材《しゅざい》は、部長《ぶちょう》さんからの質問《しつもん》に順番《じゅんばん》に答《こた》えていく形式《けいしき》だ。

長方形《ちょうほうけい》のテーブルを囲《かこ》んでソファが四《よっ》つ

あって、部長《ぶちょう》さん、雪《ゆき》くんと雲《くも》くん、雷《らい》くんと雨《あめ》くん、晴《はれ》くんと私《わたし》がひとつのソファに座《すわ》っている。

「それでは、インタビューを開始《かいし》します！」

さっそくインタビューがはじまり、緊張《きんちょう》しはじめる。

「まずご確認《かくにん》ですが……みなさんは今恋人《いまこいびと》はいますか？」

「〝今《いま》は〟まだいません」

「ああ、今《いま》はいない」

「お、俺《おれ》も、今《いま》はいねー！」

「僕《ぼく》も同《おな》じく今《いま》はいないな〜」

雪《ゆき》くんが少《すこ》し微笑《ほほえ》みながら言《い》うと、雲《くも》くん、雷《らい》くん、雨《あめ》くんが順《じゅん》に答《こた》えはじめる。

みんな、やけに〝今《いま》は〟を強調《きょうちょう》してるような……。

「俺《おれ》も今《いま》はいません。空《そら》もだよね？」

晴《はれ》くんの質問《しつもん》に、「うん」とうなずいた。

「ありがとうございます！　それでは、初恋《はつこい》はいつでしたか？」

「僕《ぼく》は……最近《さいきん》ですかね」

最近《さいきん》？　雪《ゆき》くん、そうだったんだ、知《し》らなかった……。

「俺《おれ》もだ」

私《わたし》を見《み》て答《こた》えた雲《くも》くんに、ぼっと顔《かお》が熱《あつ》くなる。

き、気《き》まずい……。

「お、俺《おれ》も」

「僕《ぼく》も！」

え……雷《らい》くんと、雨《あめ》くんも？

「俺《おれ》も最近《さいきん》ですけど、五人《ごにん》の中《なか》では一番早《いちばんはや》いです」

晴《はれ》くんもなんだ……。

ずきっと、なぜか少《すこ》しだけ胸《むね》が痛《いた》んだ気《き》がした。

ん？　どうして胸《むね》が……と、というか、どうしてみんな晴《はれ》くんのことを睨《にら》んでいるんだろうっ……？

雨《あめ》くんは笑《わら》っているけど、目《め》が笑《わら》ってないように見《み》える。

「みなさん最近《さいきん》なんですね……！　それじゃあ、次《つぎ》の質問《しつもん》に……」

「待《ま》った!!　まだ空《そら》が答《こた》えてねーだろ！」

次《つぎ》に進《すす》もうとした新聞部《しんぶんぶ》の部長《ぶちょう》さんに、雷《らい》くんが待《ま》ったをかけた。

「そうだ、一番重要《いちばんじゅうよう》だ」

く、雲《くも》くん……み、みんなもどうしてうなずいてるんだろう……。

「え……は、はい、そうでしたね……！　回答《かいとう》お願《ねが》いします……！」

焦《あせ》った顔《かお》をして、私《わたし》を見《み》た部長《ぶちょう》さん。

みんなのついでだろうけど、インタビューが円滑《えんかつ》に進《すす》むように早《はや》く答《こた》えよう……！

「私《わたし》は……小学校低学年《しょうがっこうていがくねん》くらいです」

たしか……炎《えん》くんが好《す》きって気《き》づいたのはそのあたりの、はず……。

「怒谷《いたに》……」

「しょせんは終《お》わった恋《こい》だ、関係《かんけい》ねーよ！　次《つぎ》！」

イライラした顔《かお》で、部長《ぶちょう》さんに命令《めいれい》する雷《らい》くん。

「え、えっと……好《す》きな髪型《かみがた》を教《おし》えてください」

「「「「黒髪《くろかみ》ロング」」」」

び、びっくりしたっ……全員《ぜんいん》の回答《かいとう》がかぶるなんて……。

「みんな、そんなに黒髪《くろかみ》ロングが好《す》きなんだね……」

好《す》きな人《ひと》のタイプの話《はなし》はしないから、初《はじ》めて知《し》った。

「う、うん。空《そら》は今《いま》の髪型《かみがた》、すごく似合《にあ》ってるね」

私《わたし》……？

「あ、ありがとう。でもじつは、そろそろ髪《かみ》の毛《け》を切《き》ろうと思《おも》ってて……」

伸《の》びてきたから、セミロングくらいにしたいな……。

「僕《ぼく》は短《みじか》いのも好《す》きだよ！　正直《しょうじき》好《す》きな子《こ》ならなんでも！」

「あ、おい！　抜《ぬ》け駆《が》けすんな雨《あめ》！　お、俺《おれ》もなんでもいい！」

「ああ、見《み》た目《め》なんて気《き》にしない」

「僕《ぼく》だって坊主《ぼうず》でもかわいいと思《おも》うよ」

「どんな髪型《かみがた》でも絶対《ぜったい》かわいい。空《そら》はなんでも似合《にあ》うよ！」

「え……あ、ありがとう」

み、みんな、本当《ほんとう》にさっきからどうしたんだろうっ……。

「そ、それで……空《そら》ちゃんの好《す》きな髪型《かみがた》は？」

なぜか前《まえ》のめりで聞《き》いてくる雪《ゆき》くん。髪型《かみがた》か……。

「私《わたし》は……とくに髪型《かみがた》にこだわりはないかな……」

「色《いろ》は？」

「色《いろ》も……なんでもいいと思《おも》う」

あんまり考《かんが》えたことなかったな……。

私《わたし》の回答《かいとう》に、なぜかみんながほっと胸《むね》をなでおろしていた。

「あぶねー……黒《くろ》とか言《い》われたら染《そ》めるところだったぜ……」

「僕《ぼく》も染《そ》めるのを覚悟《かくご》したよ」

「俺《おれ》も……」

「あはは、ひやひやした～……」

こそこそと話《はな》しているみんなに、首《くび》をかしげる。

「俺《おれ》は一度《いちど》も染《そ》めたことがないが、空《そら》のためなら染《そ》めても構《かま》わない」

く、雲《くも》くん？

「え……あ、あの、雲《くも》くんは今《いま》の髪色《かみいろ》が似合《にあ》ってると思《おも》うよ」

「わかった。一生変《いっしょうか》えない」

「い、一生《いっしょう》……？」

「え、ええっと……次《つぎ》はズバリ、年下派《とししたは》か年上派《としうえは》か、お答《こた》えください！」

次々《つぎつぎ》と、質問《しつもん》が飛《と》んでくる。

「年下《としした》！　ひとつ違《ちが》うくらいがちょうどいいよね……！」

「俺《おれ》もそう思《おも》う」

雪《ゆき》くんと雲《くも》くんの年上組《としうえぐみ》は回答《かいとう》が一緒《いっしょ》みたい。

「やっぱり同《おな》い年《どし》が一番相性《いちばんあいしょう》いいだろ！」

「話題《わだい》も同《おな》じだもんね～」

「学年《がくねん》が違《ちが》うと、中高《ちゅうこう》で別《わか》れたりするし、大変《たいへん》なことも多《おお》いよね」

雷《らい》くんと雨《あめ》くんと晴《はれ》くんも、意見《いけん》があったみたい。

「いや、女《おんな》の子《こ》は年上《としうえ》のほうが好《す》きなはずだよ」

「ああ、実際《じっさい》に年上《としうえ》と付《つ》き合《あ》うほうが多《おお》いという統計《とうけい》もある」

「調《しら》べてんじゃねーよ！」

「雲《くも》って空《そら》のことになるとちょっと気持《きも》ち悪《わる》いよね……」

「年齢《ねんれい》は変《か》えられないから……年上《としうえ》って言《い》われたらへこむかも～……」

「そ、空《そら》ちゃんは……ど、どっち？」

「うーん……年齢《ねんれい》も……とくにこだわりはないかな……」

「「「「よかった……」」」」

み、みんな……？

「え、ええっと……それじゃあ、今《いま》までの質問《しつもん》と少《すこ》しかぶりますけど……好《す》きなタイプを教《おし》えてください！」

その質問《しつもん》に、みんなが息《いき》をのんだのがわかった。

ど、どうしてそんな深刻《しんこく》そうな顔《かお》をしているんだろう……？

「誰《だれ》よりも優《やさ》しい子《こ》」

「生粋《きっすい》のお人好《ひとよ》し」

「天使《てんし》」

「包容力《ほうようりょく》の塊《かたまり》みたいな子《こ》」

「純粋《じゅんすい》で、まっすぐで……一番《いちばん》かわいい子《こ》」

雪《ゆき》くん、雷《らい》くん、雲《くも》くん、雨《あめ》くん、晴《はれ》くんの順《じゅん》で即答《そくとう》していって、びっくりする。

難《むずか》しそうな顔《かお》をしていたから回答《かいとう》に悩《なや》んでいるのかなと思《おも》ったけど、みんなは答《こた》えが決《き》まってたかのように迷《まよ》うことなく答《こた》えていった。

「「「空《そら》は？」」」

「「空《そら》ちゃんは？」」

五人《ごにん》の視線《しせん》が、一斉《いっせい》に私《わたし》に集《あつ》まる。

こ、こんなに見《み》られると、答《こた》えづらいっ……。

「私《わたし》は……や、優《やさ》しい人《ひと》、かな」

無難《ぶなん》すぎるかもしれないけど……一緒《いっしょ》にいて安心《あんしん》するから、優《やさ》しい人《ひと》がいい。

「ぼ、僕《ぼく》は一応優《いちおうやさ》しさ担当《たんとう》みたいなところあるけど……」

「努力《どりょく》する」

「お、俺《おれ》は好《す》きなやつには優《やさ》しいぞ！」

「おじいちゃんから優《やさ》しさが取《と》り柄《え》だって言《い》われたよ〜！」

「一応優《いちおうやさ》しいってよく言《い》われるけどどうかな……」

どうしてみんな、自分《じぶん》が優《やさ》しいことを主張《しゅちょう》しはじめたんだろう……？

「うん、みんなすごく優《やさ》しいと思《おも》うよっ……」

「あ……えーっと……それじゃあ、インタビューはこの辺《へん》で……」

苦笑《にがわら》いしている部長《ぶちょう》さんの言葉《ことば》に、ほっと息《いき》を吐《は》く。

よかった、終《お》わった……。

雪《ゆき》くんが言《い》ってたとおり、本当《ほんとう》に恋愛系《れんあいけい》の質問《しつもん》ばっかりだったな……。

「もう終《お》わり？　まだ情報不足《じょうほうぶそく》だな」

え？　晴《はれ》くん……？

「うんうん、もっと質問《しつもん》していいよ～」

雨《あめ》くんまで……。

「次《つぎ》だ次《つぎ》!!　次《つぎ》の質問用意《しつもんようい》しろ!!」

雷《らい》くん……こ、これは……。

「え……あ、あの……」

みんなの暴走《ぼうそう》に、部長《ぶちょう》さんも困《こま》っている。

えっと……みんなはインタビューを受《う》けるのが嫌《いや》だったんじゃないのかな……？

なぜか積極的《せっきょくてき》なみんなに、頭《あたま》の上《うえ》にはてなマークが並《なら》ぶ。

「好《す》きな食《た》べ物《もの》とかは？　具体的《ぐたいてき》に質問《しつもん》してほしいんだけど」

「俺《おれ》は海派《うみは》か山派《やまは》か知《し》りてー！」

「うーん、難《むずか》しいな……絶対《ぜったい》に許《ゆる》せない行動《こうどう》は、とか？」

「ファッションは何系《なにけい》が好《す》きか質問《しつもん》してほしいな〜！」

「り、理想《りそう》の告白《こくはく》とか……？」

雪《ゆき》くんも雷《らい》くんも雲《くも》くんも雨《あめ》くんも晴《はれ》くんも……どうしてみんな、自分《じぶん》から質問《しつもん》を提案《ていあん》してるんだろう……？

やっぱり……今日《きょう》のみんな、ちょっと変《へん》だっ……。

提案《ていあん》しているみんなと困《こま》り果《は》てている部長《ぶちょう》さんを見《み》て、私《わたし》はひとりおろおろしていた。

恋《こい》のバトルは終《お》わらない【side 晴《はれ》】

新聞部《しんぶんぶ》のインタビューを受《う》けた日《ひ》。

俺《おれ》は学校《がっこう》から帰《かえ》ってきて、部屋《へや》のベッドに横《よこ》になった。

今日《きょう》のインタビュー……ちょっと暴走《ぼうそう》しすぎたかも……。

最後《さいご》は俺《おれ》たちが必死《ひっし》になりすぎて部長《ぶちょう》も混乱《こんらん》してたし、空《そら》も不思議《ふしぎ》そうにしてた。

全員《ぜんいん》で醜《みにく》い争《あらそ》いをしてしまった気《き》もする……けど、そのぶん情報《じょうほう》がたくさん手《て》に入《はい》ったから、必要《ひつよう》な犠牲《ぎせい》だったと思《おも》おう。

空《そら》のことをさらに知《し》ることができて、本当《ほんとう》にいい機会《きかい》だった。

空《そら》の答《こた》えから分析《ぶんせき》すると、見《み》た目《め》のこだわりはとくになくて、中身《なかみ》を大事《だいじ》にするタイプだと思《おも》う。優《やさ》しい人《ひと》が好《す》きって聞《き》いた時《とき》は、ちょっと焦《あせ》ったけど……。

俺《おれ》は優《やさ》しいふりをしているだけで、根本《こんぽん》は優《やさ》しくないと思《おも》っているから。

それでも、空《そら》に対《たい》しては誰《だれ》よりも優《やさ》しくしたいって思《おも》うし、俺《おれ》の優《やさ》しさは全部空《ぜんぶそら》にあげたいって、心《こころ》からそう思《おも》ってる。

それじゃあ、ダメかな……。

本当《ほんとう》は……インタビューなんて関係《かんけい》なく、ひとつだけ聞《き》きたかった。

俺《おれ》は、空《そら》の恋愛対象《れんあいたいしょう》に入《はい》るのかどうか。

さすがにみんなの前《まえ》で聞《き》くことじゃないから聞《き》かなかったけど……正直《しょうじき》、答《こた》えを聞《き》くのが怖《こわ》かったっていうのもある。

もし友達《ともだち》だよって言《い》われたら、立《た》ち直《なお》れない……。

空《そら》は俺《おれ》のこと……どう思《おも》ってるのかな……。


――ブー、ブ――。


電話《でんわ》？　いったい誰《だれ》から……って、空《そら》!?

画面《がめん》を二度《にど》見《み》してから、急《いそ》いで電話《でんわ》に出《で》た。

空《そら》から連絡《れんらく》してくれるなんて、珍《めずら》しい……というか、初《はじ》めてかもしれない……！

「も、もしもし」

〈あ……晴《はれ》くん、今平気《いまへいき》だった……？〉

「うん、大丈夫《だいじょうぶ》だよ！」

〈じつは、この前《まえ》お願《ねが》いされてた『歌《うた》ってみた』のイラストについて聞《き》きたいことがあっ

たの。メッセージしようと思《おも》ったんだけど、電話《でんわ》で聞《き》いたほうがわかりやすいかもしれないと思《おも》って……急《きゅう》にごめんね〉

そんな……空《そら》からの電話《でんわ》なら、いつだって大歓迎《だいかんげい》なのに……。

「ううん、俺《おれ》も電話《でんわ》のほうが説明《せつめい》しやすいから助《たす》かる」

〈ありがとうっ。それじゃあ、聞《き》いてもいいかな？　衣装《いしょう》のデザインなんだけど……〉

スマホ越《ご》しに聞《き》こえる空《そら》の声《こえ》に、心《こころ》が喜《よろこ》んでいるのがわかる。

俺《おれ》は空《そら》の……声《こえ》も、見《み》た目《め》も、性格《せいかく》も……全部《ぜんぶ》好《す》きだ。

好《す》きなタイプって聞《き》かれた時《とき》、思《おも》いきって『空《そら》だ』って言《い》えばよかったな……。

そんな後悔《こうかい》を胸《むね》に、イラストについての話《はなし》をした。

〈うん、それじゃあ今《いま》聞《き》いたことをもとに、さっそく描《か》いてみるね！　わかりやすく説明《せつめい》してくれてありがとう！〉

「こちらこそ、いつも細《こま》かいところまでこだわってくれてありがとう」

〈ううん、みんなのイラストを描《か》かせてもらえて、光栄《こうえい》だよ〉

忙《いそが》しいはずなのに、いつも俺《おれ》たちが気《き》をつかわないように言葉《ことば》を選《えら》んでくれて……空《そら》は本当《ほんとう》に優《やさ》しいな。

知《し》れば知《し》るほど好《す》きになって、夢中《むちゅう》になっていく。

絶対《ぜったい》に……空《そら》の隣《となり》だけは、譲《ゆず》りたくない。

他《ほか》は、何《なに》もいらないから。

「あ、あのさ、空《そら》」

〈どうしたの？〉

「今日《きょう》のインタビューでさ……空《そら》、優《やさ》しい人《ひと》がタイプだって言《い》ってたけど、他《ほか》にもあるの？」

遠慮《えんりょ》したり消極的《しょうきょくてき》になっていたら、あっという間《ま》に空《そら》を誰《だれ》かに取《と》られてしまうかもしれない。

〈他《ほか》？　うーん……難《むずか》しいな……〉

だったら……行動《こうどう》あるのみ。

「じゃあ、俺《おれ》は恋愛対象《れんあいたいしょう》に入《はい》る？」

後悔《こうかい》したくなくて、思《おも》いきって一番聞《いちばんき》きたかったことを口《くち》にした。

〈えっ……〉

電話《でんわ》の向《む》こうから、驚《おどろ》いたような声《こえ》が聞《き》こえた。戸惑《とまど》わせたことに申《もう》し訳《わけ》なさを感《かん》じながらも、俺《おれ》はじっと答《こた》えを待《ま》つ。

〈えっと、晴《はれ》くんのことは、かっこいいって思《おも》ってるよ〉

「それは……」

〈は、晴《はれ》くんは素敵《すてき》な人《ひと》だから……は、晴《はれ》くんが恋愛対象《れんあいたいしょう》に入《はい》らないって人《ひと》は、いないと思《おも》う……〉

つまり……入《はい》るって、思《おも》っていいのかな……？

恥《は》ずかしがりな空《そら》の、精《せい》いっぱいの答《こた》えだと思《おも》った。

……やばい、うれしい。

きっと今《いま》、空《そら》の顔《かお》は真《ま》っ赤《か》になってるんだろうな……。

あー……かわいい……。

いや……もうこれは、愛《いと》おしいだ。

「ありがとう」

〈う、ううん……お礼《れい》を言《い》われるようなことじゃ……〉

「俺《おれ》、頑張《がんば》るね」

〈え？　う、うん？〉

「ふふっ、それじゃあまた明日《あした》。おやすみ」
そっと、電話《でんわ》を切《き》った。
……本当《ほんとう》に、頑張《がんば》るから。
誰《だれ》よりも頑張《がんば》っている空《そら》にふさわしい人《ひと》になれるように、死《し》ぬ気《き》で頑張《がんば》る。
よし、それじゃあさっそく次《つぎ》の動画《どうが》を作《つく》って……って、連絡《れんらく》が来《き》てる。
スマホの画面《がめん》に映《うつ》し出《だ》されている、新着《しんちゃく》メッセージの通知《つうち》。
スカイライトのトークグループだ……。
【雪《ゆき》：さっきのインタビューについてだけど……】
【雪《ゆき》：総合的《そうごうてき》に、空《そら》ちゃんの理想《りそう》のタイプには僕《ぼく》が一番近《いちばんちか》いんじゃないかな】
連続《れんぞく》で送《おく》られた雪《ゆき》のメッセージ。
【雷《らい》：はぁ!?　俺《おれ》だろ！】
【雨《あめ》：趣味《しゅみ》も合《あ》ってるし、僕《ぼく》が一番《いちばん》だと思《おも》うな～】
【雲《くも》：いや、ここは譲《ゆず》れない。俺《おれ》だ】
次々《つぎつぎ》と反対意見《はんたいいけん》が送《おく》られてきて、俺《おれ》も負《ま》けじと文字《もじ》を打《う》った。
【晴《はれ》：大事《だいじ》なのは、誰《だれ》が一番想《いちばんおも》ってるかでしょ？】

【雪《ゆき》：なら、僕《ぼく》が一番《いちばん》だね】
【雷《らい》：俺《おれ》に決《き》まってるだろ！】
【雨《あめ》：僕《ぼく》は空《そら》ちゃんのためならなんでもできるよ～】
【雲《くも》：それこそ譲《ゆず》れないな。俺《おれ》が一番《いちばん》だ】

く……ムカつく……。
空《そら》への気持《きも》ちなら、俺《おれ》が絶対《ぜったい》に、絶対《ぜったい》に負《ま》けないし……！
むきになって言《い》い返《かえ》して、結局《けっきょく》五人《ごにん》での不毛《ふもう》なやりとりは一時間《いちじかん》以上《いじょう》続《つづ》いた。

大成功《だいせいこう》？

インタビューを受《う》けた日《ひ》から、二週間《にしゅうかん》がたった。

「生徒会《せいとかい》のみなさ～ん！」

朝《あさ》の生徒会《せいとかい》が終《お》わってみんなで生徒会室《せいとかいしつ》を出《で》た時《とき》、離《はな》れたところから聞《き》こえた声《こえ》。

あ……新聞部《しんぶんぶ》の部長《ぶちょう》さんっ……。

「どうしたんですか？」

走《はし》ってきた部長《ぶちょう》さんは、キラキラした目《め》で私《わたし》たちを見《み》た。

「みなさんの新聞《しんぶん》、昨日再販《きのうさいはん》したんですけど……再販分《さいはんぶん》も即完売《そくかんばい》でした……！」

一週間前《いっしゅうかんまえ》に、発売《はつばい》したインタビューの新聞《しんぶん》。過去最高《かこさいこう》の売《う》り上《あ》げで、一時間《いちじかん》もしないうちに売《う》り切《き》れたそう。

生徒会《せいとかい》のファンの人《ひと》たちからは大好評《だいこうひょう》だったそうだけど、買《か》えなかった人《ひと》たちからは部数《ぶすう》が少《すく》ないと苦情《くじょう》が殺到《さっとう》したみたい。異例《いれい》の再販《さいはん》が決《き》まったとは聞《き》いていたけど……

まさか再販《さいはん》も売《う》り切《き》れちゃうなんて……。

みんなの人気《にんき》、すごいっ……。

「本当《ほんとう》にありがとうございます……！　これで当分《とうぶん》は売《う》り上《あ》げを気《き》にせずに新聞部《しんぶんぶ》の活動《かつどう》を続《つづ》けられます……！」

おめでとうございますって言《い》っていいのかわからないけど……新聞部《しんぶんぶ》の役《やく》に立《た》てたなら、みんなもうれしいと思《おも》う。

「今回《こんかい》は事情《じじょう》があって引《ひ》き受《う》けたけど、次《つぎ》はないからね」

「そ、そうですよね……あっ……」

雪《ゆき》くんの返事《へんじ》に冷《ひ》や汗《あせ》を浮《う》かべた部長《ぶちょう》さんの手《て》から、一枚《いちまい》の新聞《しんぶん》が落《お》ちた。

「ん？　なんだこれ……」

雷《らい》くんが拾《ひろ》い上《あ》げたそれを、ちらっと見《み》る。

今回《こんかい》の生徒会《せいとかい》の記事《きじ》ではなく……【ビッグカップルインタビュー】って書《か》いてある。

有名《ゆうめい》なカップルがいるのかな……？

「あ、これは私《わたし》の弟《おとうと》が他校《たこう》で新聞部《しんぶんぶ》をしてまして……その弟《おとうと》

がインタビューした新聞《しんぶん》です！」

他校《たこう》の校内新聞《こうないしんぶん》だったんだ……。

「へぇ……こんなイケメンいんのか……まあ、俺《おれ》と互角《ごかく》だな」

「雷《らい》くんが褒《ほ》めるなんて珍《めずら》しいね～……あ、ほんとだ！　かっこいい男《おとこ》の子《こ》！　……と、恋人《こいびと》？」

私《わたし》もちらっと新聞《しんぶん》をのぞくと、そこには目《め》を疑《うたが》うほどかわいい女《おんな》の子《こ》が写《うつ》っていた。

「かわいいっ……」

モデル？　アイドル？　芸能人《げいのうじん》……？

とにかく、少女漫画《しょうじょまんが》から出《で》てきそうな、ヒロインみたいな女《おんな》の子《こ》だっ……。

「かわいい……か？　わからないな。最近空《さいきんそら》以外《いがい》、全員同《ぜんいんおな》じ顔《かお》に見《み》える」

「えっ……！」

雲《くも》くん……め、目《め》がどうかしちゃったんじゃないかなっ……。

「そ、それより、空《そら》はこういう男《おとこ》がタイプ？」

晴《はれ》くんも女《おんな》の子《こ》には何《なに》も言《い》わず、男《おとこ》の子《こ》を指《ゆび》さして私《わたし》に意見《いけん》を求《もと》めてきた。

「え？　この人《ひと》？」

「正統派《せいとうは》イケメンって感《かん》じだし……」

「えっと……かっこいい人《ひと》だっていうのはわかるけど、タイプとかは……」

私《わたし》の答《こた》えに、晴《はれ》くんはなぜかほっと胸《むね》をなでおろしていた。

「みなさんも恋人《こいびと》ができた時《とき》は、ぜひカップルインタビューにご協力《きょうりょく》ください……!」

雪《ゆき》くんに『次《つぎ》はない』って言《い》われたばかりなのに、部長《ぶちょう》さんは生徒会《せいとかい》へのインタビューを諦《あきら》めてないみたいだ……あはは。

「そうだな……俺《おれ》が空《そら》と恋人同士《こいびとどうし》になったら、引《ひ》き受《う》けてやる」

私《わたし》を見《み》て、にこっと微笑《ほほえ》んだ雲《くも》くん。

「えっ……」

こ、恋人同士《こいびとどうし》になったらってっ……。

心《こころ》の中《なか》を読《よ》まれたのかと思《おも》い、ドキッとしてしまう。

「おい！　お前《まえ》は何回言《なんかいい》えばわかるんだ抜《ぬ》け駆《が》け野郎《やろう》……！」

「そうだよ雲《くも》、空《そら》ちゃんが困《こま》ってるでしょ」

「空《そら》ちゃんとインタビューを受《う》けるのは僕《ぼく》になると思《おも》うな～」

「いや、譲《ゆず》らない」

「お、俺《おれ》だって負《ま》けないから……！」

みんな、なんの話《はなし》……？

口論《こうろん》になっているみんなを見《み》て、私《わたし》の頭《あたま》の上《うえ》はまたはてなマークでいっぱいになった。

END

溺《でき》愛《あい》チャレンジ！
宿題《しゅくだい》デートは一泊旅行《いっぱくりょこう》!?
夏休《なつやす》みの宿題《しゅくだい》は、お泊《と》まりデート!?
ふたりきりの花火大会《はなびたいかい》で急接近《きゅうせっきん》♡
高杉六花《たかすぎりっか》・著
いのうえひなこ・絵

キャラクター紹介《しょうかい》

大鳳《おおとり》 雅《が》威《い》

全寮制《ぜんりょうせい》の超名門《ちょうめいもん》エリート学校《がっこう》、私立《しりつ》鳳凰学園《ほうおうがくえん》の理事長《りじちょう》の孫《まご》。イメケン、秀才《しゅうさい》、クールな超《ちょう》モテ男子《だんし》だけど、恋愛《れんあい》には興味《きょうみ》ゼロで冷《さ》めている。

望月《もちづき》 結菜《ゆいな》

特待生制度《とくたいせいせいど》で鳳凰学園中等部《ほうおうがくえんちゅうとうぶ》に入学《にゅうがく》した超庶民《ちょうしょみん》の一年生《いちねんせい》。わけあって恋《こい》にトラウマがあったけれど、雅威《がい》との出会《であ》いで変化《へんか》が…!?

一色《いっしき》 リナ

背《せ》が高《たか》く、クールな雰囲《ふんい》気《き》がかっこいい結菜《ゆいな》の友《とも》達《だち》。麗《うらら》とともに、初等部《しょとうぶ》から鳳凰学園《ほうおうがくえん》に通《かよ》っている超《ちょう》セレブ女子《じょし》。

東雲《しののめ》 麗《うらら》

生《う》まれつき茶髪《ちゃぱつ》のボブがトレードマークの結菜《ゆいな》の友《とも》達《だち》。アニメが大好《だいす》きで、男《だん》子《し》も推《お》しのキャラに似《に》た人《ひと》がタイプ。

矢井田《やいだ》 昌樹《まさき》

結菜《ゆいな》の小学生《しょうがくせい》のときの同級《どうきゅう》生《せい》。結菜《ゆいな》のことが気《き》になっていたけれど、ある発言《はつげん》をきっかけに傷《きず》つけてしまった過去《かこ》があって…。

学園《がくえん》のモテ男子《だんし》と
秘密《ひみつ》の婚約《こんやく》スタート!?

あらすじ

私《わたし》、結菜《ゆいな》。
猛勉強《もうべんきょう》して、あこがれの鳳凰学園《ほうおうがくえん》に合格《ごうかく》したんだ！
でも、そこはなんと…
恋愛《れんあい》で成績《せいせき》が決《き》まる学校《がっこう》だった!?

悩《なや》んだ結果《けっか》、クール男子《だんし》・大鳳《おおとり》くんと恋《こい》したくない同士《どうし》でカップルのふりをすることに！

でも、大鳳《おおとり》くんとの学校生活《がっこうせいかつ》は
ドキドキだらけで…!?

**好《す》きになっちゃ
ダメなのに、
どうしたらいい…？**

夏休《なつやす》みの宿題《しゅくだい》は〝デート〟！

中学生《ちゅうがくせい》になって、初《はじ》めての夏休《なつやす》み――。

「はぁ……。連絡来《れんらくこ》ないな……」

リビングのソファに寝転《ねころ》がった私《わたし》は、スマホの画面《がめん》を見《み》つめてため息《いき》をついた。

私《わたし》、望月結菜《もちづきゆいな》。

ごくごく普通《ふつう》の家庭《かてい》で育《そだ》った、普通《ふつう》の中学一年生《ちゅうがくいちねんせい》だよ。

特待生制度《とくたいせいせいど》のおかげで、全寮制《ぜんりょうせい》の超名門《ちょうめいもん》セレブ学校《がっこう》・私立鳳凰学園《しりつほうおうがくえん》に通《かよ》ってるんだ。

でもね……。この学校《がっこう》、ちょっと普通《ふつう》じゃなかったの！

なんと、必須《ひっす》の五教科以外《ごきょうかいがい》に『恋愛《れんあい》・結婚学《けっこんがく》』の授業《じゅぎょう》があって、恋愛《れんあい》で成績《せいせき》が決《き》まる。

特待生《とくたいせい》は成績《せいせき》が悪《わる》いと退学《たいがく》になってしまうし、卒業《そつぎょう》までに将来《しょうらい》の婚約者《こんやくしゃ》『婚約《こんやく》メイト』を見《み》つけられないと、学費《がくひ》も寮費《りょうひ》も食費《しょくひ》もすべて返金《へんきん》しなくちゃいけないシステム。

私《わたし》、恋愛《れんあい》にトラウマがあって、恋愛《れんあい》も男子《だんし》も苦手《にがて》で……。

恋《こい》なんて絶対《ぜったい》にしたくないのに、どうしようって悩《なや》んでいたら、誰《だれ》もが憧《あこが》れる学園《がくえん》のモテ男子《だんし》・大鳳《おおとり》雅威《がい》くんも、恋愛《れんあい》に興味《きょうみ》がないことを知《し》ったの。

そうして、恋《こい》したくない同士《どうし》の私《わたし》たちはカップルのふりをすることになり、お互《たが》いの卒業《そつぎょう》のために『婚約《こんやく》メイト』の契約《けいやく》をしたんだ。

私《わたし》たちには三《みっ》つ約束《やくそく》があって……。

一《いち》、卒業式当日《そつぎょうしきとうじつ》に、みんなの前《まえ》で婚約《こんやく》メイトを解消《かいしょう》する
二《に》、お互《たが》い好《す》きにならない
三《さん》、手《て》を繋《つな》ぐ以上《いじょう》の接触《せっしょく》は禁止《きんし》

だから大丈夫《だいじょうぶ》。雅威《がい》くんに、恋《こい》なんてするはずがない。

そう思《おも》っていたのに――……。

模擬《もぎ》デートに運動会《うんどうかい》に調理実習《ちょうりじっしゅう》、学校祭《がっこうさい》。

雅威《がい》くんと過《す》ごす学校生活《がっこうせいかつ》はドキドキだらけだった。

いろいろなことがあったけど、雅威《がい》くんのおかげで恋愛《れんあい》や男子《だんし》へのトラウマを克服《こくふく》した私《わたし》は、ついに恋《こい》を自覚《じかく》してしまったんだ。

「はぁ……。スマホ、壊《こわ》れてるとか？　……そんなわけないか」

夏休《なつやす》みに入《はい》り、実家《じっか》に帰《かえ》ってきて一週間《いっしゅうかん》。

大好《だいす》きな家族《かぞく》とのんびり過《す》ごせて、毎日《まいにち》がとっても楽《たの》しいんだけど……。

「今日《きょう》も連絡《れんらく》なかったな……。雅威《がい》くん、何《なに》してるんだろう」

困《こま》ったことに、何《なに》をしていても雅威《がい》くんのことばかり考《かんが》えてしまうんだ。

毎日《まいにち》、連絡来《れんらくこ》ないかな～って、スマホばっかり気《き》にしちゃうの。

こんな気持《きも》ち生《う》まれて初《はじ》めてで、どうしていいかわからないよ。

終業式《しゅうぎょうしき》の日《ひ》にメッセージアプリのＩＤ《アイディー》を交換《こうかん》したんだけど、一度《いちど》も連絡《れんらく》がない。

自分《じぶん》から連絡《れんらく》すればいいのに、私《わたし》はずっと雅威《がい》くんからの連絡《れんらく》を待《ま》ってしまってる。

好《す》きって自覚《じかく》すればするほど、自分《じぶん》からは連絡《れんらく》できなくて……。

だって、雅威《がい》くんへの気持《きも》ちを知《し》られたら、契約《けいやく》が終《お》わってしまうから。

「あー……。会《あ》いたいなぁ……って、違《ちが》う！　今《いま》のナシ！　間違《まちが》えた！」

私《わたし》ったらなんてことを口走《くちばし》ってしまったんだろう。

暑《あつ》いなぁって言《い》うはずだったのに、恥《は》ずかしすぎる！

それに、好《す》きなのは私《わたし》だけ……なんだよね。

『恋愛《れんあい》に興味《きょうみ》ないって言《い》ったの、取《と》り消《け》す』って雅威《がい》くんに言《い》われたけれど、だからといって相手《あいて》が私《わたし》とは限《かぎ》らない。これは、想《おも》いを伝《つた》えることができない片想《かたおも》いだ。

最後《さいご》に待《ま》っているのは、カップル解消《かいしょう》。この恋《こい》に未来《みらい》なんてないんだよ。

好《す》きになるほど辛《つら》くなるのに、どうして好《す》きになっちゃったかなぁ。

ソファで力《ちから》なくゴロゴロしていたら、インターホンが鳴《な》った。

「は〜い」

玄関《げんかん》を開《あ》けた先《さき》に立《た》っていたのは、大《おお》きな箱《はこ》を持《も》った宅配《たくはい》スタッフのお姉《ねえ》さん。

「望月結菜様《もちづきゆいなさま》にお届《とど》け物《もの》です」

なんだろう？　私《わたし》、何《なに》も買《か》ってないよ。

渡《わた》された大《おお》きな箱《はこ》には、赤《あか》いリボンが結《むす》ばれている。

まるで、誕生日《たんじょうび》やクリスマスのプレゼントみたい！

でも、今日《きょう》はそんな特別《とくべつ》な日《ひ》ではないし……。

「これ、私《わたし》に……？　誰《だれ》からですか？」

「えーっと。大鳳雅威様《おおとりがいさま》です」

「えっ⁉」

大鳳雅威《おおとりがい》って言《い》った⁉

まさか！　そんなことある⁉

信《しん》じられなくて思《おも》わず伝票《でんぴょう》を見《み》ると、差出人《さしだしにん》の名前《なまえ》が【大鳳雅威《おおとりがい》】になってる！

「本当《ほんとう》だ……。本当《ほんとう》に雅威《がい》くんからだ……」

震《ふる》える手《て》で受《う》け取《と》りのサインをして、お姉《ねえ》さんを見送《みおく》り、急《いそ》いでリビングに駆《か》け込《こ》む。

丁寧《ていねい》にリボンを解《と》いて、そーっと箱《はこ》を開《あ》けた。

「わぁ……！　うさぷーだ！」

箱《はこ》から出《で》てきたのは、大《おお》きなウサギのぬいぐるみ！

「フワフワでかわいい！　ありがとう、雅威《がい》くん」

とってもうれしくて、うさぷーをぎゅっと抱《だ》きしめた。

私《わたし》がうさぷーを大好《だいす》きなこと、雅威《がい》くんはどうして知《し》ってるんだろう。

「はっ！」

我《われ》に返《かえ》った私《わたし》は、キョロキョロとまわりを見回《みまわ》す。……家《いえ》に誰《だれ》もいなくてよかった。

大鳳雅威《おおとりがい》くんからのプレゼントを、家族《かぞく》に見《み》られるわけにはいかないっ！

それには訳《わけ》があって……。

雅威《がい》くんのおかげで恋愛学《れんあいがく》の成績《せいせき》はバッチリで、通知表《つうちひょう》を見《み》たお父《とう》さんとお母《かあ》さんは大喜《おおよろこ》びだった。でも、それが雅威《がい》くんと『婚約《こんやく》メイト』になったおかげ、とは言《い》っていない。

両親《りょうしん》はセレブと結婚《けっこん》してほしくて、私《わたし》に鳳凰学園受験《ほうおうがくえんじゅけん》を勧《すす》めてきたの。

雅威《がい》くんは学園《がくえん》の理事長《りじちょう》のお孫《まご》さんで、鳳凰《ほうおう》グループの跡取《あとと》り。

初等部《しょとうぶ》からずっと首席《しゅせき》の秀才《しゅうさい》で、運動神経《うんどうしんけい》も抜群《ばつぐん》。学級委員長《がっきゅういいんちょう》で人望《じんぼう》も厚《あつ》いんだ。

キラキラ王子様《おうじさま》オーラと、近《ちか》づくなオーラが同時《どうじ》に出《で》ているから、みんなに『王子《おうじ》』とか『神《かみ》』って崇《あが》められてる。

極《きわ》めつけは、同《おな》じ人間《にんげん》とは思《おも》えないくらいの美形《びけい》！

そんな、学園一《がくえんいち》のモテ男子《だんし》で超《ちょう》ハイパー御曹司《おんぞうし》の雅威《がい》くんと、『婚約《こんやく》メイト』になったなんて私《わたし》の家族《かぞく》が知《し》ったら、喜《よろこ》びすぎて親戚《しんせき》を集《あつ》めて大宴会《だいえんかい》とかしちゃいそう！

そのうえ、約束《やくそく》どおり卒業式《そつぎょうしき》で雅威《がい》くんとお別《わか》れしたら、ショックで気絶《きぜつ》してしまうよ。

超御曹司《ちょうおんぞうし》の雅威《がい》くんと『婚約《こんやく》メイト』だってこと、家族《かぞく》に知《し》られないようにしなくちゃ。

「あれ？　何《なに》か持《も》ってる」

ふと、うさぷーが白《しろ》い封筒《ふうとう》をかかえていることに気《き》がついた。

封筒《ふうとう》の中《なか》には、オシャレなメッセージカード。雅威《がい》くんからのメッセージだ！

【結菜《ゆいな》へ。今夜《こんや》、十九時《じゅうくじ》に電話《でんわ》する。雅威《がい》】

キレイな文字《もじ》でつづられたメッセージに、ドキドキが加速《かそく》していく。

雅威《がい》くんが、今夜《こんや》、電話《でんわ》をくれるんだ……！

すごくうれしいけれど、勘違《かんちが》いしちゃダメだよ。

雅威《がい》くんからの電話《でんわ》は、夏休《なつやす》みの宿題《しゅくだい》なんだから。

恋愛学《れんあいがく》の先生《せんせい》から出《だ》された宿題《しゅくだい》は、『夏休《なつやす》み中《ちゅう》に二回以上《にかいいじょう》デートをすること』。

きっとその話《はなし》をするためだから、期待《きたい》しちゃダメ。

そう自分《じぶん》に言《い》い聞《き》かせて、私《わたし》はふーっと息《いき》を吐《は》いた。


十九時《じゅうくじ》ちょっと前《まえ》に、私《わたし》はマンション横《よこ》の公園《こうえん》に駆《か》け込《こ》んだ。

実家《じっか》の私《わたし》の部屋《へや》は中学入学《ちゅうがくにゅうがく》と同時《どうじ》に弟《おとうと》の部屋《へや》になったから、電話《でんわ》を聞《き》かれずに落《お》ちついて話《はなし》ができる場所《ばしょ》が家《いえ》にはなくて。

手首《てくび》には、鳳凰学園特製《ほうおうがくえんとくせい》のウェアラブル端末《たんまつ》『きゅんチェッカー』をつけてきた。

これは、ドキドキ度《ど》、きゅん度《ど》、赤面度《せきめんど》、トキメキ度《ど》、四《よっ》つの恋愛指数《れんあいしすう》をチェックするもので、恋愛指数《れんあいしすう》が高《たか》いほど、恋愛学《れんあいがく》の成績《せいせき》がよくなるシステムなんだ。

これからかかってくる雅威《がい》くんからの電話《でんわ》は、宿題《しゅくだい》の一環《いっかん》。

私《わたし》と雅威《がい》くんのきゅんチェッカーで計《はか》った恋愛指数《れんあいしすう》を、夏休《なつやす》み明《あ》けに提出《ていしゅつ》するの。

平常心《へいじょうしん》！と自分《じぶん》に言《い》い聞《き》かせてベンチに座《すわ》る。すぐに着信音《ちゃくしんおん》が鳴《な》った。

わっ。本当《ほんとう》に雅威《がい》くんから電話《でんわ》が来《き》た！

心臓《しんぞう》が高鳴《たかな》って、きゅんチェッカーのドキドキ度《ど》がぐんと上昇《じょうしょう》する。

「はい」

〈結菜《ゆいな》。今《いま》、電話《でんわ》して大丈夫《だいじょうぶ》？〉

うわ〜。雅威《がい》くんの声《こえ》だ！

うれしすぎるけど、雅威《がい》くんにこの気持《きも》ちが伝《つた》わってしまわないように気《き》をつけなくちゃ。

私《わたし》だけ恋愛指数《れんあいしすう》が爆上《ばくあ》がりすると、自己満足判定《じこまんぞくはんてい》になってしまうんだ。

気持《きも》ちを落《お》ちつかせて、冷静《れいせい》をよそおって話《はな》す。

「うん。大丈夫《だいじょうぶ》だよ」

〈よかった。元気《げんき》か？〉

「元気《げんき》だよ。雅威《がい》くんは……」

雅威《がい》くんの声《こえ》に混《ま》じって、車《くるま》の走行音《そうこうおん》が聞《き》こえる。

「移動中《いどうちゅう》？」

〈ああ。せっかくの夏休《なつやす》みなのに、いろいろとめんどくさい仕事《しごと》を押《お》しつけられてる〉

そっか。忙《いそが》しい合間《あいま》を縫《ぬ》って電話《でんわ》をくれたんだね。

またまたうれしくなっちゃうけれど、雅威《がい》くんは私《わたし》の声《こえ》が聞《き》きたいわけじゃない。

手短《てみじか》に宿題《しゅくだい》を済《す》ませなくちゃ。あ、その前《まえ》に言《い》いたいことがあるんだ！

「雅威《がい》くん、うさぷーのぬいぐるみ、ありがとう」

〈気《き》に入《い》った？〉

「うん！　もちろんだよ。すっごくかわいい！」

〈よかった。模擬《もぎ》デートの時《とき》、結菜《ゆいな》がそのぬいぐるみを見《み》て目《め》を輝《かがや》かせてたから、好《す》きなのかと思《おも》って〉

わ……。そのことを覚《おぼ》えていて、プレゼントしてくれたんだ……。

うれしすぎて、きゅん度《ど》とトキメキ度《ど》が急上昇《きゅうじょうしょう》してしまった。

「そうだったんだ……！　うん。うさぷーが大好《だいす》きなんだ。うれしいよ」

満足《まんぞく》そうな笑《わら》い声《ごえ》がスマホ越《ご》しに聞《き》こえてきて、私《わたし》だけが知《し》ってる雅威《がい》くんのドヤ顔《がお》が目《め》に浮《う》かぶ。

どうしよう。ドキドキが止《と》まらない。こんなにドキドキしてること、知《し》られたくないよ。

よし、話題《わだい》を変《か》えよう！

「あ、あの……。この電話《でんわ》って、宿題《しゅくだい》のことだよね？」

〈そう。そろそろ宿題《しゅくだい》やっておこうと思《おも》って。デート、いつ行《い》ける？〉

雅威《がい》くんからデートのお誘《さそ》い！

でも結菜《ゆいな》、落《お》ちついて。いちいち喜《よろこ》ばないで。これは宿題《しゅくだい》だから！

「いつでもいいよ。私《わたし》はずっと暇《ひま》だから」

〈じゃあ、四日後《よっかご》にしよう。一泊旅行《いっぱくりょこう》は行《い》ける？〉

「一泊《いっぱく》⁉」

驚《おどろ》きすぎて、大《おお》きな声《こえ》を出《だ》しちゃった。

〈ああ。二回以上《にかいいじょう》デートするって決《き》まりだから、一泊旅行《いっぱくりょこう》をすれば、一日目《いちにちめ》と二日目《ふつかめ》にデートできるだろ〉

「そっか。そうだよね」

そうすれば合計二回《ごうけいにかい》になって、宿題《しゅくだい》がクリアできるってことだ。

〈で、うちの別荘《べっそう》に来《こ》ないか？　海《うみ》で遊《あそ》べるし、その日《ひ》は夜《よる》に祭《まつり》と花火大会《はなびたいかい》もある〉

雅威《がい》くんと一泊旅行《いっぱくりょこう》……。しかも、海《うみ》とお祭《まつ》りと花火大会《はなびたいかい》まで！　最高《さいこう》すぎるよ！

急上昇《きゅうじょうしょう》するトキメキ度《ど》を隠《かく》すように、私《わたし》はぐっとテンションを抑《おさ》えて言《い》った。

「ありがとう。じゃあ、雅威《がい》くんの別荘《べっそう》にお邪魔《じゃま》させてもらうね」

〈ああ。結菜《ゆいな》の家《いえ》に迎《むか》えに行《い》くから〉

「ええっ！　私《わたし》の家《いえ》に⁉　も、もしかして運転手《うんてんしゅ》つきの車《くるま》で？」

〈そう。約束《やくそく》しただろ〉

雅威《がい》くんは普段《ふだん》、運転手《うんてんしゅ》つきの車《くるま》や自家用《じかよう》ジェット、ヘリコプターで移動《いどう》するんだって。

すごい！って驚《おどろ》いていたら、今度乗《こんどの》せてくれるって言《い》ったの。

約束《やくそく》を覚《おぼ》えていてくれたことも、一泊《いっぱく》デートのお誘《さそ》いもとってもうれしいよ！

でも、それが雅威《がい》くんにバレてしまわないように、必死《ひっし》に喜《よろこ》びを抑《おさ》える。

「ありがとう。楽《たの》しみにしてるね」

頑張《がんば》って冷静《れいせい》に言《い》ったつもりが、そっけない態度《たいど》になっちゃったかも。

〈……もしかして、無理《むり》してる？〉

「えっ。そんなことないけど……」

あれれ。雅威《がい》くんが黙《だま》り込《こ》んじゃった。

私《わたし》、感《かん》じ悪《わる》かったかな。ぐるぐる考《かんが》えていたら。

〈結菜《ゆいな》は、俺《おれ》とふたりきりじゃ気《き》まずいか……〉

「えっ。何《なに》？」

雅威《がい》くんが何《なに》か言《い》った気《き》がしたけど、よく聞《き》こえなかったよ。

〈いや、なんでもない。そうだ。結菜《ゆいな》の友達《ともだち》とその相手《あいて》も呼《よ》んでみんなで行《い》くのはどう？〉

「リナと麗《うらら》も誘《さそ》っていいの？」

〈ああ。そのほうが楽《たの》しいだろ〉
「ま、まあ、そうだけど……」
一色《いっしき》リナと東雲麗《しののめうらら》は、入学式《にゅうがくしき》の日《ひ》に仲《なか》よくなった大切《たいせつ》な親友《しんゆう》。
麗《うらら》と宮田《みやた》くん、リナと笹本《ささもと》くんも一緒《いっしょ》に、六人《ろくにん》で一泊旅行《いっぱくりょこう》するのは楽《たの》しそう。
親友《しんゆう》たちも一緒《いっしょ》に過《す》ごせるのはうれしいけれど……。
雅威《がい》くんとふたりきりのデートもしたかったな。
でも……。雅威《がい》くんは御曹司《おんぞうし》だ。夏休《なつやす》み中《ちゅう》も、社交《しゃこう》パーティーとかで忙《いそが》しそう。
電話《でんわ》している今《いま》も忙《いそが》しそうだし、ゴロゴロしてる私《わたし》とはやっぱり別世界《べっせかい》の人《ひと》だ。
一泊旅行《いっぱくりょこう》を提案《ていあん》したのも、きっと宿題《しゅくだい》を一気《いっき》に済《す》ませたいからだよね……。
雅威《がい》くんの優《やさ》しさを勘違《かんちが》いしちゃダメ。私《わたし》たちは契約《けいやく》カップルなんだから。
「じゃあ、四日後《よっかご》、楽《たの》しみにしてるよ！」
〈俺《おれ》も〉
せっかく雅威《がい》くんに会《あ》えるのに、ワガママ言《い》っちゃダメだよね。
複雑《ふくざつ》な心境《しんきょう》をぐっとのみ込《こ》んで、電話《でんわ》を終《お》えた。

王子《おうじ》なお迎《むか》えとプライベートビーチ

四日後《よっかご》の朝《あさ》、私《わたし》はマンションの前《まえ》で雅威《がい》くんを待《ま》っていた。

宿題《しゅくだい》とはいえデートだから、お気《き》に入《い》りの夏《なつ》ワンピとサンダルでオシャレしたんだ。

髪《かみ》のリボンと、うっすら色《いろ》つきリップ、変《へん》じゃないかな。

久《ひさ》しぶりに雅威《がい》くんに会《あ》えるのが楽《たの》しみで、ドキドキするよ。

ピコピコ反応《はんのう》してる『きゅんチェッカー』を見《み》ていたら、黒塗《くろぬ》りの車《くるま》が目《め》の前《まえ》に止《と》まった。ドラマでよく見《み》る、運転手《うんてんしゅ》さんつきの高級車《こうきゅうしゃ》だ！

運転手《うんてんしゅ》さんが降《お》りてきて、後部座席《こうぶざせき》のドアを開《あ》けると……。

「おはよ、結菜《ゆいな》」

「おはよう、雅威《がい》くん！」

うっ。私服《しふく》の雅威《がい》くんがまぶしい！

かっこよすぎて、さっそくきゅんチェッカーが反応《はんのう》しちゃってる。

あれれ？　雅威《がい》くんのきゅんチェッカーも反応《はんのう》してない⁉

何《なに》に反応《はんのう》したんだろう？

じーっと見《み》てたら、雅威《がい》くんの頬《ほお》が少《すこ》し赤《あか》くなった。

「見《み》るな」

「今《いま》、きゅんチェッカーが反応《はんのう》してたよね？」

「してねぇよ」

「ふふふ。そういうことにしておくね」

きゅんチェッカーを手《て》で隠《かく》してる雅威《がい》くんがかわいくて、頬《ほお》が緩《ゆる》んじゃうよ。

ふと、雅威《がい》くんがマンションを見上《みあ》げた。

「へぇ。ここが結菜《ゆいな》の家《いえ》か」

四階建《よんかいだ》てのマンションの一室《いっしつ》なんて、小《ちい》さすぎてびっくりしたかな。

雅威《がい》くんが住《す》んでる学園内《がくえんない》の特別寮《とくべつりょう》は、広《ひろ》さもお部屋《へや》の数《かず》も、私《わたし》の家《いえ》の三倍《さんばい》はある。

「小《ちい》さくてびっくりしたでしょ？」

「そんなに小《ちい》さくないだろ。で、結菜《ゆいな》の部屋《へや》はどの窓《まど》だ？」

ええっと。雅威《がい》くんは、ワクワクした顔《かお》でマンション全体《ぜんたい》を見《み》てるけど……。

もしかして、このマンション全部《ぜんぶ》が私《わたし》の家《いえ》だと思《おも》ってない⁉

私《わたし》の家《いえ》、四階《よんかい》の一部分《いちぶぶん》だけだよ。……なんて言《い》いにくいな。

「秘密《ひみつ》！」

「ふーん。まぁ、いいや。また今度《こんど》、改《あらた》めて来《く》るから」

「えっ。何《なに》しに？」

「何《なに》しにって……。結菜《ゆいな》のご両親《りょうしん》に挨拶《あいさつ》だけど」

「えええっ！　挨拶《あいさつ》って、なんの⁉」

も、も、もしかして……。

卒業後《そつぎょうご》、婚約《こんやく》メイトから本物《ほんもの》の婚約者《こんやくしゃ》になって、ゆくゆくは結婚《けっこん》の挨拶《あいさつ》に……？

「婚約《こんやく》メイトとしてお世話《せわ》になってますって」

「……あー、そっか。そうだよね〜。あははは」

やだな、私《わたし》ったら。妄想《もうそう》が暴走《ぼうそう》しすぎだよ。

私《わたし》たちに、卒業後《そつぎょうご》の未来《みらい》があるわけないのに。

「じゃ、行《い》くか。昼《ひる》すぎにはつく予定《よてい》だから」

「うん。よろしくお願《ねが》いします！」

よし、気持《きも》ちを切《き》り替《か》えて、雅威《がい》くんとのデート、楽《たの》しもう！


二時間《にじかん》ほど車《くるま》に揺《ゆ》られて、到着《とうちゃく》したのは海辺《うみべ》に建《た》つ宮殿《きゅうでん》！

「雅威様《がいさま》、結菜様《ゆいなさま》、お疲《つか》れさまでございます！」

ずらっと並《なら》んだ使用人《しようにん》さんたちに出迎《でむか》えられて、びっくりしちゃった。

雅威《がい》くんって、私《わたし》が思《おも》っていた以上《いじょう》にすごい御曹司《おんぞうし》みたい……。

「お、お世話《せわ》になります」

みなさんに深々《ふかぶか》と頭《あたま》を下《さ》げると、雅威《がい》くんはふっと優《やさ》しく笑《わら》った。

「ようこそ、結菜《ゆいな》」

私《わたし》に手《て》を差《さ》し出《だ》す姿《すがた》は、まるで王子様《おうじさま》のよう。

かっこよくて、きゅんチェッカーがピコピコと反応《はんのう》してしまう。

「ありがとう……」

その手《て》に自分《じぶん》の手《て》を重《かさ》ねると、雅威《がい》くんはゆっくりと歩《ある》き出《だ》した。

雅威《がい》くんにエスコートされて、宮殿《きゅうでん》の中《なか》に入《はい》る。

お姫様《ひめさま》みたいに扱《あつか》われて、ドキドキしちゃうよ。

このままずっと、雅威《がい》くんのお姫様《ひめさま》でいられたらいいのにな。

なんて夢見《ゆめみ》ていたら、リナと笹本《ささもと》くん、麗《うらら》と宮田《みやた》くんも到着《とうちゃく》した。

クールでかっこいいリナと、おっとりさんでかわいい麗《うらら》。ふたりとは、いつもメッセージをし合《あ》ってるけれど、夏休《なつやす》みに入《はい》ってから会《あ》うのは初《はじ》めてだからうれしいな。

笹本《ささもと》くんとリナ、宮田《みやた》くんと麗《うらら》は、恋愛学《れんあいがく》の試験《しけん》のひとつ『模擬《もぎ》デート』の相手《あいて》だったの。

その後《ご》も仲《なか》よくしてるみたいだけど、まだお付《つ》き合《あ》いはしていないみたい。

今回《こんかい》の一泊旅行《いっぱくりょこう》で、ふたりに恋《こい》の進展《しんてん》があるといいな。

水着《みずぎ》に着替《きが》えた私《わたし》たちは、さっそく海《うみ》にやってきた。

オシャレなビーチパラソルやビーチベッドが、太陽《たいよう》の光《ひかり》を浴《あ》びて輝《かがや》いてる。

「海《うみ》がキレイ～！　砂《すな》もキラキラしてる！　さすが大鳳家《おおとりけ》のプライベートビーチだね～」

「結菜《ゆいな》、私《わたし》たちも誘《さそ》ってくれてありがとう」

リナと麗《うらら》がとっても楽《たの》しそうで、私《わたし》までうれしくなるよ。

「大鳳《おおとり》さん、ビーチバレーしませんか？」

笹本《ささもと》くんと宮田《みやた》くんに呼《よ》ばれて、雅威《がい》くんが振《ふ》り向《む》いた。

学校《がっこう》では、雅威《がい》くんのまわりには、男子《だんし》の取《と》り巻《ま》きが大勢《おおぜい》いる。

そのせいか、ほとんどのクラスメイトが「大鳳《おおとり》さん」「雅威《がい》さん」って呼《よ》ぶし、敬語《けいご》で話《はな》しかける人《ひと》ばかりなんだけど……。

「ああ、やろう。てか、『雅威《がい》』でいいよ。敬語《けいご》もいらない」

「えっ」

「いいんですか？」

「別《べつ》に、クラスメイトだし。俺《おれ》が『さんづけで呼《よ》んで』って言《い》ったわけでもないから」

さらりと言《い》った雅威《がい》くんに、笹本《ささもと》くんと宮田《みやた》くんは笑顔《えがお》でうなずいた。

「雅威《がい》くん、なんか雰囲気《ふんいき》変《か》わったよね」

「結菜《ゆいな》と婚約《こんやく》メイトになってから、近《ちか》づくなオーラがなくなってきたかも〜」

ビーチパラソルの下《した》でトロピカルジュースを飲《の》みながら、リナと麗《うらら》が微笑《ほほえ》む。

雅威《がい》くんは、整《ととの》った顔立《かおだ》ちや才能《さいのう》や家柄《いえがら》を利用《りよう》されることもあったみたいで、学校《がっこう》では心《こころ》を閉《と》ざしている。

海外《かいがい》に留学中《りゅうがくちゅう》の親友《しんゆう》がいるみたいだし、特別寮《とくべつりょう》で誰《だれ》にもないしょで飼《か》ってる子猫《こねこ》のココがいるから、寂《さび》しくないみたい。

でもね、少《すこ》しずつでも、雅威《がい》くんが心《こころ》を開《ひら》いて学校生活《がっこうせいかつ》を楽《たの》しめたらいいな、って、お節介《せっかい》だけど思《おも》ってるんだ。

だから、男子三人《だんしさんにん》でわいわいビーチバレーを楽《たの》しんでいる姿《すがた》や、雅威《がい》くんの笑顔《えがお》を見《み》ていると、とってもうれしくなるよ。

「海《うみ》で見《み》る雅威《がい》くんも、かっこいいね〜〜。ね？　結菜《ゆいな》」

「えっ。いや……。まぁ……」

運動神経抜群《うんどうしんけいばつぐん》な雅威《がい》くんも、初《はじ》めて見《み》る水着姿《みずぎすがた》も、すごくかっこいい。

でも、恥《は》ずかしくて「そうだね」なんて言《い》えないよ。

「照《て》れないの〜〜」

「照《て》れてないって〜！」

「あ〜〜もう、結菜《ゆいな》かわいい〜〜」

「わわわっ」

リナと麗《うらら》に両《りょう》サイドからぎゅーって抱《だ》きつかれて、椅子《いす》から落《お》ちそうになっちゃった。

「雅威《がい》くんが結菜《ゆいな》とふたりっきりになりたがってるけど、今日《きょう》は譲《ゆず》らな〜い」

「そうそう。私《わたし》たちだって、久《ひさ》しぶりに結菜《ゆいな》に会《あ》えたんだからね〜」

うーん。雅威《がい》くんは、私《わたし》とふたりっきりになりたいなんて思《おも》ってないんじゃないかな。

なんでも器用《きよう》にさらりとこなす雅威《がい》くんだけど、じつは超負《ちょうま》けず嫌《ぎら》い！

ビーチバレーに夢中《むちゅう》……というか、すごいガチバトルになっている……。

熱《あつ》い戦《たたか》いを微笑《ほほえ》ましく見《み》ていたら、リナが立《た》ち上《あ》がった。

「私《わたし》たちは、海《うみ》で泳《およ》いでこようか」

「うん！　行《い》こう」

「あ！　かわいい貝殻《かいがらみ》見つけた〜！」

リナと麗《うらら》と、浜辺《はまべ》や海《うみ》でおおはしゃぎ！

三人《さんにん》でたくさん笑《わら》って、写真《しゃしん》もいっぱい撮《と》ったよ。
とっても楽《たの》しくて、あっという間《ま》に日《ひ》が暮《く》れた。

夜《よる》はバーベキューをして、三人《さんにん》で一緒《いっしょ》に大《おお》きなお風呂《ふろ》に入《はい》ったんだ。
それから、女子部屋《じょしべや》と男子部屋《だんしべや》に分《わ》かれて、ふっかふかのベッドで女子会《じょしかい》がスタート！
私《わたし》たち女子《じょし》は、遅《おそ》くまで恋《こい》バナをしたよ。
今日一日《きょういちにち》、すっごく楽《たの》しかったけど……。
雅威《がい》くんと、もっと話《はなし》がしたかったな。

私《わたし》のヒーロー

次《つぎ》の日《ひ》、午前中《ごぜんちゅう》はみんなで夏休《なつやす》みの宿題《しゅくだい》タイム!

恋愛学《れんあいがく》だけじゃなく、必須《ひっす》の五教科《ごきょうか》も頑張《がんば》らなきゃね。

特待生《とくたいせい》の私《わたし》は、絶対《ぜったい》に成績《せいせき》を落《お》とせないんだ。

だけど、英語《えいご》と数学《すうがく》がちょっと苦手《にがて》。

首席入学《しゅせきにゅうがく》で、一学期《いちがっき》も学年一位《がくねんいちい》の成績《せいせき》だった雅威《がい》くんに教《おし》えてもらいたいけど……。

「雅威《がい》くん?」

「ん?」

「怒《おこ》ってる?」

「怒《おこ》ってない」

……絶対《ぜったい》に怒《おこ》ってるよね。

昨日《きのう》から、雅威《がい》くんの様子《ようす》がちょっとおかしいんだ。

そっけないし、なんだか避《さ》けられてるような……。

気《き》のせいだといいんだけど。


お昼《ひる》ご飯《はん》を食《た》べたあと、笹本《ささもと》くんと宮田《みやた》くんはお迎《むか》えの高級車《こうきゅうしゃ》に乗《の》って帰《かえ》っていった。

このあと社交《しゃこう》パーティーがあるんだって。やっぱりセレブは夏休《なつやす》みも忙《いそが》しいみたい。

夕方《ゆうがた》になり、雅威《がい》くんと私《わたし》とリナと麗《うらら》は、浴衣《ゆかた》を着《き》て四人《よにん》でお祭《まつ》りに来《き》た。

初《はじ》めて見《み》る雅威《がい》くんの浴衣姿《ゆかたすがた》がかっこよすぎて、きゅんチェッカーがまた反応《はんのう》しちゃってる。

「わ〜〜。すごい〜。私《わたし》、こういう縁日《えんにち》って初《はじ》めて来《き》た〜！」

「私《わたし》も。あ！　あそこのフルーツ飴《あめ》食《た》べたい！」

リナも麗《うらら》もお嬢様《じょうさま》。

私《わたし》にとっては一般的《いっぱんてき》なお祭《まつ》りだけど、ふたりは初《はじ》めてみたい！

もしかして、雅威《がい》くんも？

ちらりとうしろを見《み》ると、雅威《がい》くんは黙《だま》って私《わたし》たちについてくるだけ。

「結菜《ゆいな》、雅威《がい》くんとふたりで楽《たの》しんできなよ」

「そうそう～。私《わたし》たち、ふたりで見《み》てくるから」

「えっ。あ、ちょっと待《ま》って」

ふたりは、気《き》をつかってくれたみたい。

ビュン！と人混《ひとご》みに隠《かく》れてしまった。

「ええっと……。雅威《がい》くん、何《なに》か食《た》べる？」

「いや、いい。結菜《ゆいな》は？」

「うーんと。私《わたし》もいいかな。お昼《ひる》ご飯《はん》食《た》べすぎちゃって」

き、気《き》まずい。

教室《きょうしつ》にいる雅威《がい》くんは、こんなふうにクールで近寄《ちかよ》りがたい。

でも、ふたりきりの時《とき》は、笑顔《えがお》やドヤ顔《がお》やイジワルな顔《かお》も……いろいろな表情《ひょうじょう》を見《み》せてくれるのに、今日《きょう》はいったいどうしちゃったんだろう。

「ぐるっと見《み》て回《まわ》るか」

「あ、うん」

私《わたし》に歩調《ほちょう》を合《あ》わせてくれる雅威《がい》くんは、いつもどおりさり気《げ》なく優《やさ》しい。

でも……。模擬《もぎ》デートの時《とき》は手《て》を繋《つな》いでくれたのにな。

今日《きょう》は、隣《となり》を歩《ある》いていても手《て》を繋《つな》いでくれない。

どうしてだろう。私《わたし》、何《なに》かやらかしちゃった？

私《わたし》たちのきゅんチェッカーは、すごく静《しず》かだ……。

せっかくリナと麗《うらら》がふたりきりにしてくれたのに、このままじゃダメだよね。

よし、「私《わたし》、何《なに》かした？」って、雅威《がい》くんに聞《き》こう！

ぐっとこぶしを握《にぎ》りしめて、気合《きあい》を入《い》れた。

「あ、あの！　雅威《がい》くん！」

思《おも》いきって声《こえ》をかけたけれど、返事《へんじ》がない。

「あれ？」

嘘《うそ》でしょ……。隣《となり》を歩《ある》いてるはずの雅威《がい》くんがいない。

立《た》ち止《ど》まって、ぐるりとまわりを見渡《みわた》してみる。

「雅威《がい》くん？　どこ？」

いたずらで隠《かく》れているわけじゃないみたい。

大変《たいへん》だ……。私《わたし》、はぐれちゃったみたい！

「雅威《がい》くん〜。リナ〜〜〜。麗《うらら》〜〜〜〜〜」

情《なさ》けない声《こえ》でみんなの名前《なまえ》を呼《よ》びながら、お祭《まつ》り会場《かいじょう》を歩《ある》き回《まわ》る。

どうしよう。みんな、どこにもいないよ。

スマホの電波《でんぱ》が弱《よわ》くて、連絡《れんらく》することもできない。

こんなことなら、雅威《がい》くんと手《て》を繋《つな》げばよかった。

繋《つな》いでくれるのを待《ま》つんじゃなく、自分《じぶん》から繋《つな》げばよかったのに……。

待《ま》ってばかりの自分《じぶん》が嫌《いや》になるよ。

「雅威《がい》くん……。どこ……？」

お祭《まつ》り会場《かいじょう》はとっても広《ひろ》くて、道《みち》が枝分《えだわ》かれしている。

同《おな》じような屋台《やたい》がたくさんあって、さらに迷《まよ》ってしまった。

花火大会《はなびたいかい》がもうすぐはじまるからか、人《ひと》も増《ふ》えてきたみたい。

困《こま》ったな……。

トボトボと歩《ある》いていたら、行《い》き止《ど》まりになってしまった。

「ここ、どこだろう……」

お祭《まつ》りの屋台《やたい》から、ずいぶん離《はな》れてしまったみたい。

ひと気《け》のない、薄暗《うすぐら》い神社《じんじゃ》の裏《うら》に来《き》てしまったよ。

「とりあえず、来《き》た道《みち》を戻《もど》ってみよう」

って、来《き》た道《みち》はどっちだろう。それもわからなくなっちゃった！

心細《こころぼそ》くてちょっぴり泣《な》きそうになりながら、キョロキョロしていると……。

「結菜《ゆいな》!!」

勢《いきお》いよく飛《と》び込《こ》んできた、背《せ》の高《たか》い人影《ひとかげ》。

目《め》を凝《こ》らすと、よく知《し》ってる顔《かお》だ！

「リナ！」

「見《み》つかってよかった！」

「ごめんね、心配《しんぱい》かけて。会《あ》えてよかった……！」

すごく心細《こころぼそ》かったから、うれしくて泣《な》きそう。

リナは私《わたし》をぎゅーっと抱《だ》きしめてくれた。

「びっくりしたよ。結菜《ゆいな》とはぐれてしまったって、雅威《がい》くんが真《ま》っ青《さお》な顔《かお》で来《き》たから」

「えっ。雅威《がい》くんが……？　真《ま》っ青《さお》な顔《かお》？」

「うん。あんな焦《あせ》ってる雅威《がい》くん、初《はじ》めて見《み》た」

「心配《しんぱい》、してくれたんだ……」

「あたりまえでしょ。雅威《がい》くんは結菜《ゆいな》のこと、すごく大切《たいせつ》に思《おも》ってるんだから」

そうかな……。

昨日《きのう》から様子《ようす》がおかしいし、本当《ほんとう》は何《なに》かに怒《おこ》ってるんじゃないのかな？

「とりあえず、雅威《がい》くんと麗《うらら》と合流《ごうりゅう》しよう！」

「うん！」

ほっと胸《むね》をなでおろして、リナと歩《ある》き出《だ》したその時《とき》だった。

「あれ〜〜？　こんな暗《くら》いところに女《おんな》の子《こ》がふたり〜」

「あっ。ふたりともすげーかわいい」

「ヒマなの？　俺《おれ》たちと遊《あそ》ばない？」

振《ふ》り返《かえ》ると、ガラの悪《わる》い高校生《こうこうせい》くらいの男《おとこ》の人《ひと》が、三人《さんにん》。

ニヤニヤと笑《わら》いながら、私《わたし》たちの行《ゆ》く手《て》を阻《はば》むように立《た》ちふさがっていた。

ど、どうしよう！　逃《に》げられそうにないよ。

「もう帰《かえ》るところだし、アンタたちとは遊《あそ》ばないから」

リナが毅然《きぜん》とした態度《たいど》で言《い》ったけれど、相手《あいて》はじりじりと迫《せま》ってくる。

「ちょっと遊《あそ》ぶだけだって～」

男《おとこ》の人《ひと》の手《て》が伸《の》びてきて、私《わたし》の手首《てくび》をつかんだ。

「結菜《ゆいな》！」

「や、やめてください！」

震《ふる》える声《こえ》で抵抗《ていこう》したけれど、強引《ごういん》に引《ひ》っ張《ぱ》られてリナと引《ひ》き離《はな》されてしまった。

どうしよう。力《ちから》が強《つよ》くて逃《に》げられない……！

せめてリナだけでも逃《に》げてほしくて、引《ひ》きずられながら叫《さけ》んだ。

「リナは逃《に》げて！」

「結菜《ゆいな》を置《お》いて逃《に》げるわけないよ！　大丈夫《だいじょうぶ》。今《いま》助《たす》けるから！」

リナは地面《じめん》に落《お》ちている木《き》の棒《ぼう》を拾《ひろ》い、両手《りょうて》で構《かま》えた。

「リナ……？」

「おいおい。お嬢《じょう》ちゃん、剣道《けんどう》ごっこか？」

ニヤニヤ笑《わら》う男《おとこ》たちを睨《にら》みながら、リナは棒《ぼう》を振《ふ》りかざして勢《いきお》いよく走《はし》ってきた！

「結菜《ゆいな》を放《はな》して！」

「痛《いて》っ！」

リナは、男《おとこ》たちの手首《てくび》と胴《どう》に、木《き》の棒《ぼう》を次々《つぎつぎ》と打《う》ち込《こ》んだ。

男《おとこ》たちは悲鳴《ひめい》を上《あ》げ、手首《てくび》と胴《どう》を押《お》さえながらしゃがみ込《こ》む。

「結菜《ゆいな》、今《いま》のうちに！」

「うん！」

解放《かいほう》された私《わたし》は、急《いそ》いでリナに駆《か》け寄《よ》った。

「リナ、すごいよ！」

「私《わたし》の家《いえ》、武道《ぶどう》を教《おし》えてる一色流《いっしきりゅう》の宗家《そうけ》なの。私《わたし》もずっと剣道《けんどう》の稽古《けいこ》をしてるんだよ」

「そうだったんだ！」

長身《ちょうしん》でクールなリナ。いつも凛《りん》としてかっこいい理由《りゆう》がわかったよ。

「今《いま》のうちに、逃《に》げよう！　……っ」

急《きゅう》に立《た》ち止《ど》まったリナの、視線《しせん》の先《さき》を見《み》ると……。

大変《たいへん》！　神社《じんじゃ》の奥《おく》から、さっきの男《おとこ》たちの仲間《なかま》らしき人《ひと》が六人《ろくにん》も出《で》てきた！

あっという間《ま》に囲《かこ》まれてしまって、心臓《しんぞう》が縮《ちぢ》こまる。

じりじりと迫《せま》ってくる男《おとこ》たちを睨《にら》みながら、リナがぎゅっと木《き》の棒《ぼう》を握《にぎ》りしめた。

リナはすごく強《つよ》いけど、高校生六人《こうこうせいろくにん》を相手《あいて》にするなんて心配《しんぱい》だよ……！

ギリッと唇《くちびる》を噛《か》むリナからは、焦《あせ》りが漂《ただよ》う。

「リナ……」

「大丈夫《だいじょうぶ》。結菜《ゆいな》はここにいて。私《わたし》、負《ま》けないから」

「でも……！」

どうしよう！　リナをひとりで戦《たたか》わせるわけにはいかないよ。

でも、私《わたし》には何《なに》もできない……。

どうしていいかわからなくて、絶体絶命《ぜったいぜつめい》のその時《とき》……。

「結菜《ゆいな》！　どこだ⁉」

遠《とお》くから私《わたし》を呼《よ》ぶ声《こえ》が聞《き》こえた気《き》がした。

この声《こえ》は……！

間違《まちが》えるわけがない。大好《だいす》きな声《こえ》。

ぶわっと胸《むね》が震《ふる》えて、私《わたし》は思《おも》わず叫《さけ》んだ。

「雅威《がい》くん‼」

「結菜《ゆいな》……！」

息《いき》を切《き》らして飛《と》び込《こ》んできた雅威《がい》くんが、男《おとこ》たちを睨《にら》みつけた。

「……お前《まえ》たち、何《なに》してる」

男《おとこ》たちも、雅威《がい》くんを睨《にら》みながら、じりじりと迫《せま》ってくる。

相手《あいて》は大人数《おおにんずう》だ。雅威《がい》くんに何《なに》かあったらどうしよう……！

オロオロしている私《わたし》の横《よこ》で、リナがふっと口元《くちもと》を緩《ゆる》めた。

「私《わたし》、初等部《しょとうぶ》の時《とき》に、剣道《けんどう》の全国大会《ぜんこくたいかい》で六年連続優勝《ろくねんれんぞくゆうしょう》したの。でも、鳳凰学園主催《ほうおうがくえんしゅさい》の男《だん》女混合武術大会《じょこんごうぶじゅつたいかい》で、どうしても勝《か》てない相手《あいて》がひとりだけいて……」

そう言《い》いながら、リナは持《も》っていた木《き》の棒《ぼう》を雅威《がい》くんに向《む》かって放《ほう》り投《な》げた。

「雅威《がい》くん！　受《う》け取《と》って！」

受《う》け取《と》った雅威《がい》くんが、スッと木《き》の棒《ぼう》を構《かま》える。

その姿《すがた》があまりにもキレイで、こんな状況《じょうきょう》なのに目《め》が離《はな》せない。

「あとはまかせろ。一色《いっしき》、結菜《ゆいな》を頼《たの》む」

「わかった！　結菜《ゆいな》、こっち！」

「でも、雅威《がい》くんが！」

リナに手《て》を引《ひ》かれ、男《おとこ》たちから逃《に》げる。

「待《ま》って！　雅威《がい》くんを置《お》いていくなんてできないよ！」

急停止《きゅうていし》した私《わたし》に、リナはふっと笑顔《えがお》を向《む》けた。

「大丈夫《だいじょうぶ》。雅威《がい》くんは強《つよ》いから」

「えっ」

「ここで見《み》てよう。日本一強《にほんいちつよ》い中学生剣士《ちゅうがくせいけんし》の剣術《けんじゅつ》！」

どういうこと？　雅威《がい》くんが、日本一強《にほんいちつよ》いって……。

「俺《おれ》の婚約者《こんやくしゃ》に、二度《にど》と声《こえ》をかけるな」

こ、婚約者《こんやくしゃ》……！

こんな時《とき》なのに、きゅんチェッカーが反応《はんのう》しちゃって焦《あせ》るよ。

本当《ほんとう》の婚約者《こんやくしゃ》じゃないってわかってるのに、ぶわっと顔《かお》が熱《あつ》くなってしまう。

それよりも！　雅威《がい》くんが危《あぶ》ない！

郵便はがき

お手数ですが
切手をおはり
ください。

104-0031

東京都中央区京橋1-3-1
八重洲口大栄ビル7階
スターツ出版（株）書籍編集部
愛読者アンケート係

（ふりがな）
お名前

電話　（　　）

ご住所　（〒　　-　　）

学年（　　年）　**年齢**（　　歳）　**性別**（　　）

この本（はがきの入っていた本）のタイトルを教えてください。

今後、新しい本などのご案内やアンケートのお願いをお送りしてもいいですか？
1. はい　2. いいえ

いただいたご意見やイラストを、本の帯または新聞・雑誌・インターネットなどの広告で紹介してもいいですか？
1. はい　2. ペンネーム（　　）ならOK　3. いいえ

お客様の情報を統計調査データとして使用するために利用させていただきます。また頂いた個人情報に弊社からのお知らせをお送りさせて頂く場合があります。
個人情報保護管理責任者：スターツ出版株式会社　出版マーケティンググループ　部長　連絡先：TEL 03-6202-0311

「野いちごジュニア文庫」愛読者カード

「野いちごジュニア文庫」の本をお買い上げいただき、ありがとうございました！
今後の作品づくりの参考にさせていただきますので、下の質問にお答えください。
（当てはまるものがあれば、いくつでも選んでOKです）

♥この本を知ったきっかけはなんですか？
1. 書店で見て　2. 人におすすめされて（友だち・親・その他）　3. ホームページ
4. 図書館で見て　5. LINE　6. Twitter　7. YouTube
8. その他（　　　　　　　　　　　　　　　　　　）

♥この本を選んだ理由を教えてください。
1. 表紙が気に入って　2. タイトルが気に入って　3. あらすじがおもしろそうだった
4. 好きな作家だから　5. 人におすすめされて　6. 特典が欲しかったから
7. その他（　　　　　　　　　　　　　　　　　　）

♥スマホを持っていますか？　1. はい　2. いいえ

♥本やまんがは1日のなかでいつ読みますか？
1. 朝読の時間　2. 学校の休み時間　3. 放課後や通学時間
4. 夜寝る前　5. 休日

♥最近おもしろかった本、まんが、テレビ番組、映画、ゲームを教えてください。

♥本についていたらうれしい特典があれば、教えてください。

♥最近、自分のまわりの友だちのなかで流行っているものを教えてね。
服のブランド、文房具など、なんでもOK！

♥学校生活の中で、興味関心のあること、悩み事があれば教えてください。

♥選んだ本の感想を教えてね。イラストもOKです！

ご協力、ありがとうございました！

……って、あれれ？

雅威《がい》くんが木《き》の棒《ぼう》を振《ふ》るたびに、うめき声《ごえ》を上《あ》げて男《おとこ》たちが倒《たお》れていく。

つ、強《つよ》い……！　雅威《がい》くんって剣道《けんどう》もすごいの⁉

あっという間《ま》に、六人全員《ろくにんぜんいん》が地面《じめん》に転《ころ》がっていた！

「言《い》ったでしょ？　雅威《がい》くんは強《つよ》いんだって」

リナが、ふふんと得意《とくい》げに笑《わら》ってる。

「じゃあ、リナが唯一勝《ゆいいっか》てない相手《あいて》って……」

「そう。雅威《がい》くんだよ。結菜《ゆいな》の婚約者《こんやくしゃ》は、文武両道《ぶんぶりょうどう》のハイスペ御曹司《おんぞうし》ってわけ」

「えええっ」

さらに雅威《がい》くんのすごさを知《し》って、トキメキが止《と》まらないよ。

雅威《がい》くんは木《き》の棒《ぼう》をポイッと捨《す》てて、私《わたし》たちのところに駆《か》けてきた。

「大丈夫《だいじょうぶ》か？　ケガはない？」

「雅威《がい》くん！　ありがとう。大丈夫《だいじょうぶ》だよ」

笑顔《えがお》を向《む》けると、ほっとした顔《かお》の雅威《がい》くんが、ぎゅっと私《わたし》を抱《だ》きしめた。

わっ……。きゅんチェッカーのすべての数値《すうち》が跳《は》ね上《あ》がってるよ。

痛《いた》いくらいに心臓《しんぞう》がドキドキしてるけれど、雅威《がい》くんの腕《うで》の中《なか》は安心《あんしん》する。

それに、すっごくいい匂《にお》い……って、ダメダメ！

リナの前《まえ》だし、手《て》を繋《つな》ぐ以上《いじょう》の接触《せっしょく》は契約違反《けいやくいはん》だよっ。

「ちょ、ちょっと、雅威《がい》くん……！」

慌《あわ》てて離《はな》れようとすると、さらに強《つよ》く抱《だ》きしめられた。

「離《はな》れんな」

「えっ。でも……」

「……無事《ぶじ》でよかった。結菜《ゆいな》がいなくなったらどうしようって、すげー心配《しんぱい》した」

「雅威《がい》くん……」

いつも自信《じしん》に満《み》ちあふれていて、強気《つよき》な雅威《がい》くんの、か細《ぼそ》い声《こえ》に胸《むね》が痛《いた》む。

本気《ほんき》で心配《しんぱい》してくれてるのが伝《つた》わってきて、うれしくて、申《もう》し訳《わけ》なくて、涙《なみだ》がこぼれた。

「ごめんね。いなくならないよ」

「絶対《ぜったい》だからな」

「うん」

スネたような雅威《がい》くんの声《こえ》に、きゅんと胸《むね》が震《ふる》える。

しばらくの間《あいだ》、私《わたし》たちはこのままぎゅっと抱《だ》きしめ合《あ》っていた。

花火《はなび》と本音《ほんね》

あのあと、雅威《がい》くんの別荘《べっそう》の警備員《けいびいん》さんを連《つ》れた麗《うらら》が合流《ごうりゅう》した。

「あ〜。疲《つか》れた。久《ひさ》しぶりに本気《ほんき》を出《だ》したら、とんでもなく疲《つか》れたわ」

うーんと背伸《せの》びをしたリナが、自分《じぶん》の肩《かた》を叩《たた》きながら言《い》うと、麗《うらら》がうふふと笑《わら》った。

「じゃあ、私《わたし》たちは別荘《べっそう》に帰《かえ》って休《やす》んでよっか」

「だね。花火《はなび》は麗《うらら》と一緒《いっしょ》に別荘《べっそう》で見《み》るわ〜。ってことで、あとはふたりで楽《たの》しんで」

「雅威《がい》くん、結菜《ゆいな》を頼《たの》みま〜す」

ニコニコしながら、ふたりは警備員《けいびいん》さんと一緒《いっしょ》に帰《かえ》っていった。

私《わたし》と雅威《がい》くんがふたりきりでデートができるように、気《き》を利《き》かせてくれたみたい。

リナと麗《うらら》には感謝《かんしゃ》しかない。

私《わたし》たちは今《いま》、もうすぐはじまる花火《はなび》を楽《たの》しむために、別荘《べっそう》の別館《べっかん》にいる。

大鳳家《おおとりけ》のみなさんが花火《はなび》を見《み》るために、昔《むかし》、わざわざここを建《た》てたんだって！

広《ひろ》いバルコニーに置《お》かれたオシャレなベンチに座《すわ》って、雅威《がい》くんと空《そら》を見上《みあ》げた。

「雅威《がい》くん、さっきは助《たす》けてくれて本当《ほんとう》にありがとう」

「婚約《こんやく》メイトを守《まも》るのはあたりまえだろ」

私《わたし》だけが知《し》ってるドヤ顔《がお》の雅威《がい》くんを見《み》たら、するりと本音《ほんね》が飛《と》び出《だ》した。

「雅威《がい》くん、すごくかっこよかったよ」

「…………」

あれ？　黙《だま》り込《こ》んじゃった。

ちらっと見《み》ると、顔《かお》が真《ま》っ赤《か》！

学校《がっこう》では無表情《むひょうじょう》な雅威《がい》くんの、貴重《きちょう》な赤面《せきめん》を見《み》ちゃったよ。

私《わたし》だけじゃなくて、雅威《がい》くんのきゅんチェッカーもピコピコ反応《はんのう》してる！

今《いま》なら、素直《すなお》な気持《きも》ちを伝《つた》えられそう。

「私《わたし》、雅威《がい》くんから一泊旅行《いっぱくりょこう》に誘《さそ》ってもらえて、すごくうれしかったんだ」

「えっ。結菜《ゆいな》は、俺《おれ》とふたりきりの一泊旅行《いっぱくりょこう》が嫌《いや》なんだと思《おも》ってた」

「そんなことないよ。もしかして、私《わたし》に気《き》をつかって友達《ともだち》カップルも誘《さそ》おうって言《い》ったの？」

「……まぁ、そうだな」

「そうだったんだ！　たしかにリナと麗《うらら》も一緒《いっしょ》ですごく楽《たの》しかったけど……。でも、雅《が》威《い》くんとふたりで、もっと話《はな》したかったな……」

……って、何《なに》言《い》ってるの、私《わたし》！　雅《が》威《い》くんが驚《おどろ》いてるじゃない！

あけっぴろげに言《い》いすぎだよ。好《す》きってバレたら大変《たいへん》なのに！

なんとか誤魔化《ごまか》そうと、慌《あわ》てて口《くち》を開《ひら》く。

「あ、あの。ええっと。雅《が》威《い》くんは夏休《なつやす》み中《ちゅう》もすごく忙《いそが》しいから、宿題《しゅくだい》を一気《いっき》に済《す》ませるために一泊旅行《いっぱくりょこう》に誘《さそ》ってくれたんだと思《おも》ってたよ」

「違《ちが》うから。結菜《ゆいな》に会《あ》えない夏休《なつやす》みはすげーつまんなくて。どうしたら会《あ》えるかとか、できるだけ長《なが》い時間《じかん》会《あ》える口実《こうじつ》をずっと考《かんが》えてて……」

そこまで言《い》うと、雅《が》威《い》くんはハッと我《われ》に返《かえ》った顔《かお》をして、すぐに横《よこ》を向《む》いた。

もしかして照《て》れ隠《かく》し……？　ということは、本心《ほんしん》なの!?

雅《が》威《い》くんの爆弾発言《ばくだんはつげん》がうれしくて、心臓《しんぞう》がバクバクしすぎてきゅんチェッカーが最高値《さいこうち》を振《ふ》りきってしまいそうだよ。

「俺《おれ》も、結菜《ゆいな》とふたりでもっと話《はな》したかったけど、友達《ともだち》と楽《たの》しそうにしてるのを邪魔《じゃま》したら悪《わる》いと思《おも》って、我慢《がまん》してた」

「そうだったんだ……！」

昨日《きのう》から、雅威《がい》くんが怒《おこ》ってるように見《み》えたのも、そっけないって感《かん》じたのも、ふたりで話《はな》したいのを我慢《がまん》してたからだったみたい。

「お互《たが》い、いろいろと勘違《かんちが》いしてたんだね」

「そうだな」

お互《たが》いさり気《げ》なくきゅんチェッカーを隠《かく》していることに気《き》がついて、思《おも》わず照《て》れ笑《わら》い。

「手《て》、繋《つな》いでいい？」

急《きゅう》に聞《き》かれて驚《おどろ》いちゃった。

手《て》を繋《つな》ぐのはルール違反《いはん》じゃないから、今《いま》まで確認《かくにん》されたことなんてなかったのに。

「どうして聞《き》くの？」

「……いきなり手《て》を繋《つな》いだら嫌《いや》かなと思《おも》って」

「……っ」

ぽつりと言《い》われた言葉《ことば》に、きゅんと胸《むね》が高鳴《たかな》った。

「嫌《いや》じゃないよ。雅威《がい》くんの手《て》、安心《あんしん》するから好《す》き……」

うわっ。また本音《ほんね》を言《い》いすぎちゃった！

「雅威《がい》くんのことが好《す》き」って言《い》ったわけじゃないから、大丈夫《だいじょうぶ》だよね……？

ひとりで焦《あせ》っていると、雅威《がい》くんがふっと優《やさ》しく微笑《ほほえ》んだ。

「そうだったのか。手《て》を繋《つな》ぐのも、ふたりきりになるのも、我慢《がまん》してた。じゃあ、もう我《が》慢《まん》しない」

うれしそうにそう笑《わら》った雅威《がい》くんは、大《おお》きな手《て》で私《わたし》の手《て》を包《つつ》んで、きゅっと握《にぎ》った。

肩《かた》が触《ふ》れるくらい近《ちか》くて、私《わたし》の胸《むね》のドキドキが伝《つた》わってしまいそうだよ。

「手《て》を離《はな》したら、結菜《ゆいな》はすぐどこかに行《い》きそう」

私《わたし》をまっすぐ見《み》つめる瞳《ひとみ》は、なんだか寂《さび》しそう。

「いつも、俺《おれ》の目《め》の届《とど》くところにいろよ。結菜《ゆいな》が見《み》えないと心配《しんぱい》だから」

「うん」

「……もう離《はな》さないから」

まっすぐな言葉《ことば》にドキドキが止《と》まらなくて、うなずくだけで精《せい》いっぱい。

その時《とき》、パァンという音《おと》とともに、夜空《よぞら》いっぱいに、花火《はなび》が咲《さ》いた。

花火大会《はなびたいかい》がはじまったみたい！

「わぁ〜〜キレイ！　こんな近《ちか》くで見《み》たの、初《はじ》めて！　すごいね〜！」

雅威《がい》くんと一緒《いっしょ》に見《み》る花火《はなび》はとってもキレイ。幸《しあわ》せすぎるよ。

「ね？」と、雅威《がい》くんを見《み》ると……。

あれ？　花火《はなび》じゃなくて私《わたし》を見《み》てる？

「雅威《がい》くん、花火《はなび》はそんなに好《す》きじゃない？」

「いや、そういうわけじゃないけど。……今日《きょう》の結菜《ゆいな》、いつもと雰囲気違《ふんいきちが》うなと思《おも》って」

「あ、浴衣《ゆかた》だからかな。麗《うらら》に髪《かみ》を結《ゆ》ってもらったからかも」

「こういうのもかわいいな」

「……っ。ありがとう」

甘々発言《あまあまはつげん》にきゅんが渋滞《じゅうたい》しちゃって、言葉《ことば》が出《で》ない。

雅威《がい》くんの浴衣姿《ゆかたすがた》も、とってもかっこいいよって言《い》いたいのに。

花火《はなび》が空《そら》を埋《う》めつくす中《なか》、私《わたし》たちは無言《むごん》で見《み》つめ合《あ》った。

ゆっくりとキレイな顔《かお》が近《ちか》づいてきた……と思《おも》ったら。

ピロリロリーン！

私《わたし》と雅威《がい》くんのきゅんチェッカーが盛大《せいだい》に鳴《な》り響《ひび》いた。

「えっ。ピンクに光《ひか》ってる！」

「俺《おれ》のもだ……」

私《わたし》たちのきゅんチェッカーに、ピンク色《いろ》のハートが表示《ひょうじ》されてる！

お互《たが》いの数値《すうち》が最高値《さいこうち》に達《たっ》したら、両想《りょうおも》いのしるしとしてピンクのハートが出《で》るって、恋愛学《れんあいがく》の先生《せんせい》が言《い》っていたけど……。

このピンク色《いろ》のハートが出《で》たのは、じつは二回目《にかいめ》なんだ。

「「……………」」

雅威《がい》くんと顔《かお》を見合《みあ》わせて、目《め》をぱちくりさせた。

やっぱり、どう考《かんが》えても両想《りょうおも》いなわけがないよね。

「きゅんチェッカー、壊《こわ》れてるのかな」

「……いや、壊《こわ》れてないいんじゃないか」

えっ。そ、それって、つまり……。どういうこと!?

首《くび》をかしげて雅威《がい》くんを見《み》つめると。

少《すこ》しだけ頬《ほお》を染《そ》めて、ふいっと目線《めせん》をずらした雅威《がい》くんが、ぼそっとつぶやくように言《い》った。

「夏休《なつやす》み中《ちゅう》、デートし直《なお》すぞ。今度《こんど》はふたりきりで」

「うん！」
笑顔《えがお》で大《おお》きくうなずくと、雅威《がい》くんは繋《つな》いでる手《て》をぎゅっと優《やさ》しく握《にぎ》った。
宿題《しゅくだい》のためのデートだってわかってるけど、うれしすぎるよ。
でも……。いつか、雅威《がい》くんと本当《ほんとう》のデートができたらいいな。
その時《とき》は待《ま》っているだけじゃなくて、私《わたし》からも手《て》を繋《つな》ぎたい。
まずは……。
夏休《なつやす》み中《ちゅう》にメッセージを送《おく》ってみよう！
この幸《しあわ》せが、少《すこ》しでも長《なが》く続《つづ》きますように。
大《おお》きな手《て》をきゅっと握《にぎ》り返《かえ》して、笑顔《えがお》で見《み》つめ合《あ》う。
卒業《そつぎょう》しても、ずっとずっと……。一緒《いっしょ》にいられたらいいのにな。
そう祈《いの》りながら、雅威《がい》くんの隣《となり》で、夜空《よぞら》にきらめく花火《はなび》を見上《みあ》げた。

END

溺《でき》愛《あい》×ミッション!
ドキドキのハロウィンパーティー!
豪邸《ごうてい》ではじまった仮装《かそう》パーティーで、
ソウから特別《とくべつ》なプレゼント…!?
青山《あおやま》そらら・著
優月《ゆづき》うめ・絵

キャラクター紹介《しょうかい》

1年《ねん》Z組《ぐみ》

コードネーム　マーキュリー

水野《みずの》　蒼《そう》

クールで冷静《れいせい》。不愛想《ぶあいそう》だけど、じつは面倒見《めんどうみ》がよくて優《やさ》しい。プラネットの中《なか》でも女子人気《じょしにんき》ナンバーワン。

1年《ねん》Z組《ぐみ》

コードネーム　ヴィーナス

白金有栖《しろがねありす》

ひかえめで優《やさ》しい性格《せいかく》。生《う》まれつき特別《とくべつ》な力《ちから》を持《も》っている。ひょんなことからその能力《のうりょく》を蒼《そう》に知《し》られてしまい…？

明《あか》るくて社交的《しゃこうてき》。女《おんな》の子《こ》の扱《あつか》いに慣《な》れていて、ちょっとチャラい。プラネットのムードメーカー。

1年《ねん》Z組《ぐみ》

コードネーム　マーズ

火河蓮斗《ひかわれんと》

2年《ねん》Z組《ぐみ》

マイペースで無気力《むきりょく》な猫系男子《ねこけいだんし》。動物《どうぶつ》が好《す》きで、ペットのリス・スピカと会話《かいわ》ができる。

コードネーム　ジュピター

桜木唯依《さくらぎゆい》

温厚《おんこう》な性格《せいかく》で頭《あたま》が切《き》れる秀才男子《しゅうさいだんし》。プラネットのリーダーで、校長《こうちょう》オダギリの甥《おい》っ子《こ》。

3年《ねん》Z組《ぐみ》

コードネーム　ムーン

月森《つきもり》　創《はじめ》

保土沢《ほどさわ》グループの御曹司《おんぞうし》で超《ちょう》がつくお金持《かねも》ち。勉強《べんきょう》にスポーツ、さらには料理《りょうり》も得意《とくい》なハイスペック男子《だんし》。

1年《ねん》Z組《ぐみ》

保土沢璃久《ほどさわりく》

超《ちょう》イケメンなスパイグループに
スカウトされちゃって…!?

あらすじ

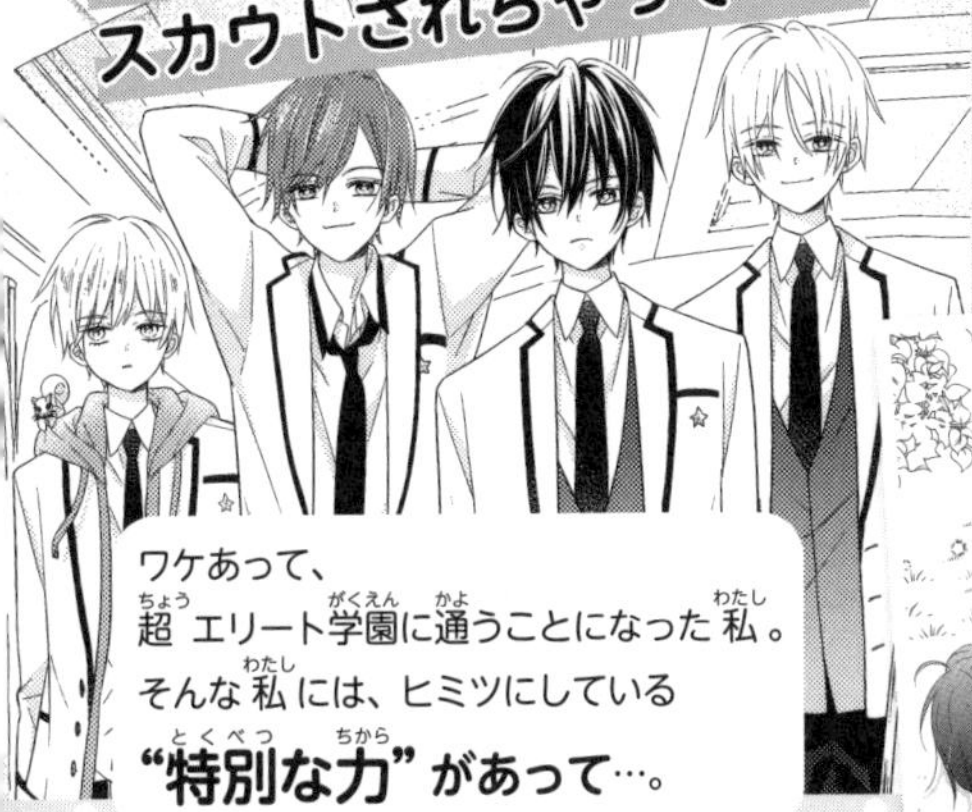

ワケあって、
超《ちょう》エリート学園《がくえん》に通《かよ》うことになった私《わたし》。
そんな私《わたし》には、ヒミツにしている
“特別《とくべつ》な力《ちから》”があって…。

ある日《ひ》そのヒミツが、学園《がくえん》のイケメングループ
『プラネット』のメンバー・
ソウくんにバレちゃった!?
プラネットの正体《しょうたい》はなんと、優秀《ゆうしゅう》な
スパイグループだったの！

しかも、私《わたし》もプラネットの
新《しん》メンバーとして加入《かにゅう》することに！

モテ男子集団《だんししゅうだん》と、
波乱《はらん》だらけの学園生活《がくえんせいかつ》!?

みんなで仮装《かそう》

「はあぁっ⁉　ここがリクの家《いえ》⁉　デカッ！」

目《め》の前《まえ》の建物《たてもの》を見上《みあ》げたレントくんが、大声《おおごえ》で叫《さけ》ぶ。

そしたらリクくんが、ケロッとした顔《かお》でうなずいた。

「うん、そう」

「家《いえ》っていうか、もはや城《しろ》じゃん」

隣《となり》に立《た》つソウくんも、あぜんとした顔《かお》をしてる。それもそのはず。

だって、見《み》たことないくらいの大豪邸《だいごうてい》なんだもん！

建物《たてもの》も大《おお》きくて、庭《にわ》も広《ひろ》くて、まるでヨーロッパのお城《しろ》みたいだよっ。

私《わたし》の名前《なまえ》は白金有栖《しろがねありす》。コスモ学園《がくえん》に通《かよ》う中学一年生《ちゅうがくいちねんせい》。

今日《きょう》は十月三十一日《じゅうがつさんじゅういちにち》。ハロウィンの日《ひ》ということで、これからプラネットのみんなと
ハロウィンパーティーをする予定《よてい》なの。

私《わたし》たちプラネットは、同《おな》じ学園《がくえん》に通《かよ》う六人組《ろくにんぐみ》の仲《なか》よしグループ。

ふだんはみんな学園《がくえん》の寮《りょう》に住《す》んでいるんだけど、今日《きょう》はパーティーのためリクくんの実家《じっか》にお邪魔《じゃま》することになったんだ。

ちなみにコスモ学園《がくえん》は、全国《ぜんこく》から優秀《ゆうしゅう》な生徒《せいと》を集《あつ》めた〝エリート学園《がくえん》〟として有名《ゆうめい》で。

私《わたし》たちは、その中《なか》でもとくにすぐれた生徒《せいと》を集《あつ》めたSP科《エスピーか》というクラスに通《かよ》っているの。しかもなんとSP科《エスピーか》は、スパイを育成《いくせい》するために作《つく》られた特別《とくべつ》なクラスなんだよ！

プラネットはSP科《エスピーか》の中《なか》でも、ずば抜《ぬ》けた才能《さいのう》を持《も》つ天才《てんさい》ばかりが集《あつ》まっていて。学生《がくせい》でありながらすでに、本格的《ほんかくてき》なスパイ活動《かつどう》をしているんだ。

「すごいね、リクくん。こんな大《おお》きな家《いえ》に住《す》んでたんだ」

私《わたし》が声《こえ》をかけると、ちょっぴりほこらしげに笑《わら》うリクくん。

「へへ、まぁね。俺的《おれてき》には今《いま》の寮生活《りょうせいかつ》のほうが快適《かいてき》だけど。今日《きょう》は親《おや》もいないし、ゆっくりしていってよ」

彼《かれ》・保土沢璃久《ほどさわりく》くんは、私《わたし》と同《おな》じ中学一年生《ちゅうがくいちねんせい》なんだけど、なんと保土沢《ほどさわ》グループの御《おん》曹司《ぞうし》で超《ちょう》セレブ！

手先《てさき》がとっても器用《きよう》なリクくんはマジックが得意《とくい》で、将来《しょうらい》はマジシャンになるのが夢《ゆめ》なんだって。

シリウス学園《がくえん》っていうエリート男子校《だんしこう》から転校《てんこう》してきたんだけど、勉強《べんきょう》もスポーツもできて万能《ばんのう》なんだよ。

「いやー、保土沢《ほどさわ》グループおそるべしだな。敷地面積《しきちめんせき》どのくらいあるんだろ？」

なんて感心《かんしん》したようにあたりを見回《みまわ》すのは、月森創《つきもりはじめ》くん。

プラネットのリーダーで、一番年上《いちばんとしうえ》の三年生《さんねんせい》だよ。

いつも笑顔《えがお》で王子様《おうじさま》みたいなハジメくんは、学校一《がっこういち》の秀才《しゅうさい》と言《い》われていて、筆記試験《ひっきしけん》ではつねにトップ。

頭《あたま》の回転《かいてん》が速《はや》い上《うえ》にメカにも強《つよ》いから、暗号《あんごう》の解読《かいどく》やハッキング、爆弾《ばくだん》の解体《かいたい》、機械《きかい》の故障《こしょう》を直《なお》したりまでできちゃうんだ。

すると隣《となり》に立《た》つユイくんが、肩《かた》に乗《の》ったリスのスピカに話《はな》しかける。

「スピカ、迷子《まいご》にならないよう気《き》をつけるんだよ」

『キュッ！』

すかさず高《たか》い声《こえ》で返事《へんじ》をするスピカ。

桜木唯衣《さくらぎゆい》くんはひとつ年上《としうえ》の二年生《にねんせい》で、マイペースでちょっと無気力《むきりょく》な男《おとこ》の子《こ》。

瞳《ひとみ》が大《おお》きくかわいらしい顔《かお》をしたユイくんは動物《どうぶつ》が大好《だいす》きで、いつもペットのスピカを肩《かた》に乗《の》せているんだ。

しかもなんと、スピカの言葉《ことば》がわかるんだよ！

記憶力《きおくりょく》がバツグンだから、長《なが》いパスワードや人《ひと》の顔《かお》を覚《おぼ》えたりするのも得意《とくい》なの。

そんな時《とき》、レントくんが突然《とつぜん》ぎゅっと私《わたし》の手《て》を握《にぎ》ってきて。

「アリスも迷子《まいご》になったらいけないから、俺《おれ》がついていてあげるね～」

なんていたずらっぽく笑《わら》う彼《かれ》・火河蓮斗《ひかわれんと》くんは同《おな》じ一年生《いちねんせい》で、背《せ》が高《たか》くてモデルみたいにスタイルがいい男《おとこ》の子《こ》。

人一倍視力《ひといちばいしりょく》がいい彼《かれ》は、射撃《しゃげき》の名人《めいじん》で、遠《とお》くにいる人《ひと》の顔《かお》を見分《みわ》けたり、ごく小《ちい》さな文字《もじ》を読《よ》むことだってできちゃう。変装《へんそう》やメイクも得意《とくい》なんだ。

それを見《み》たソウくんが、すかさずグイッと私《わたし》の肩《かた》を抱《だ》き寄《よ》せた。

「バカ、離《はな》せよ」

そして、私《わたし》の耳元《みみもと》に顔《かお》を近《ちか》づけると。

「アリスには俺《おれ》がついてるから」

彼《かれ》・水野蒼《みずのそう》くんは、「学校一《がっこういち》のイケメン」と言《い》われているクールな男《おとこ》の子《こ》。

サラサラの青《あお》い髪《かみ》に、見《み》とれるほどキレイな顔《かお》をした彼《かれ》は、プラネットの中《なか》でも女子人《じょしにん》気《き》ナンバーワン。

人並《ひとな》み外《はず》れた身体能力《しんたいのうりょく》の持《も》ち主《ぬし》で、スポーツなら何《なに》をやらせてもトップだし、格闘技《かくとうぎ》やアクロバットだってできちゃう。

そのうえ頭《あたま》もいいから、「完璧男子《かんぺきだんし》」なんて言《い》われてるんだよ。

しかもソウくんは人一倍耳《ひといちばいみみ》がよくて、普通《ふつう》の人《ひと》には聞《き》こえないような小《ちい》さな音《おと》まで聞《き》き取《と》ることができるの。

私《わたし》が照《て》れながらソウくんのほうを向《む》いたら、至近距離《しきんきょり》で目《め》が合《あ》ってドキッとする。

じつを言《い》うと、私《わたし》とソウくんは夏《なつ》ごろから付《つ》き合《あ》っていて。

こんなステキな人《ひと》が自分《じぶん》の彼氏《かれし》だなんて、いまだに夢《ゆめ》みたいって思《おも》っちゃうけど。

ソウくんは私《わたし》のことをすごく大事《だいじ》にしてくれるから、毎日《まいにち》がとっても幸《しあわ》せなんだ。


リクくんがガチャッと玄関《げんかん》の扉《とびら》を開《あ》けると、お手伝《てつだ》いさんらしき人《ひと》たちが何人《なんにん》も駆《か》けつけてきて、並《なら》んで一斉《いっせい》に頭《あたま》を下《さ》げた。

「『おかえりなさいませ！　お坊《ぼっ》ちゃま』」

す、すごいっ。リクくんって本当《ほんとう》に御曹司《おんぞうし》なんだ……。

こんなのドラマでしか見《み》たことないよっ。

「ただいま～。パーティーの準備《じゅんび》、できてる？」

リクくんが尋《たず》ねると、お手伝《てつだ》いさんのひとりがコクリとうなずいて。

「もちろんでございます。みなさまゆっくりお過《す》ごしくださいませ」

「サンキュー。じゃあ案内《あんない》するからついてきて」

そのまま私《わたし》たちは、リクくんについて長《なが》い廊下《ろうか》を進《すす》んでいった。

それにしても、あまりの広《ひろ》さと豪華《ごうか》さに圧倒《あっとう》されちゃうな。

ヘタしたら、ほんとに迷子《まいご》になっちゃうかも。

なんて思《おも》ってたら、ソウくんも驚《おどろ》いた顔《かお》で。

「すげーな。いくつ部屋《へや》あるんだよ」

「だよね。かくれんぼしたら楽《たの》しそう」

ユイくんが笑《わら》ってうなずくと、リクくんが答《こた》える。

「あー、子《こ》どものころはよくやってたよ。俺《おれ》もいまだに迷《まよ》う時《とき》あるし」

「えっ、自分《じぶん》の家《いえ》なのに？」

ハジメくんが驚《おどろ》いたように声《こえ》を上《あ》げたら、レントくんがあちこち指《ゆび》をさしながら興奮《こうふん》したように言《い》った。

「うわっ、何《なに》あのでっかいシャンデリア！　銅像《どうぞう》まで置《お》いてあるし！　てか、エレベーターのある家《いえ》とか初《はじ》めて見《み》たんだけど！」

子《こ》どもみたいにはしゃぐレントくんは、ちょっとかわいい。

「でもほんと、インテリアもステキだね」

思《おも》わず褒《ほ》めたら、リクくんがうれしそうな顔《かお》でポンと肩《かた》を叩《たた》いてきた。

「ありがと。アリスもここに住《す》みたくなっちゃった？」

「えっ！　いや……」

「いいんだよ。ソウなんかやめて、俺《おれ》の婚約者《こんやくしゃ》になってくれても」

なんて、いたずらっぽく顔《かお》をのぞき込《こ》んできたリクくんを見《み》て、すかさずソウくんが私《わたし》の手《て》を引《ひ》く。

「こらリク。ふざけたこと言《い》ってんじゃねーよ」

――パアァッ！

すると、その時突然《ときとつぜん》目《め》の前《まえ》が真《ま》っ白《しろ》になって、一瞬何《いっしゅんなに》も見《み》えなくなった。

……あっ、来《き》た！

これは、私《わたし》の〝特別《とくべつ》な力《ちから》〟が発動《はつどう》する時《とき》の合図《あいず》で。

合図《あいず》とともに、頭《あたま》の中《なか》にザーッと早送《はやおく》りで映像《えいぞう》が流《なが》れ込《こ》んでくる。

じつは私《わたし》には生《う》まれつき予知能力《よちのうりょく》があって、いろいろな人《ひと》の少《すこ》し先《さき》の未来《みらい》が見《み》えてしまうんだ。

といっても、自分《じぶん》が見《み》たい未来《みらい》を自由《じゆう》に見《み》ることはできなくて、いつも予知《よち》の合図《あいず》は突然《とつぜん》やってくるの。

見《み》えたのは、どこかのベンチに腰《こし》かけて見《み》つめ合《あ》う、私《わたし》とソウくんの姿《すがた》。

ソウくんは私《わたし》の目《め》をまっすぐ見《み》つめると、頬《ほお》に手《て》を添《そ》えてくる。

そして、そのままゆっくりと顔《かお》が近《ちか》づいてきて……。

唇《くちびる》が重《かさ》なったと思《おも》った瞬間《しゅんかん》、映像《えいぞう》は途切《とぎ》れてしまった。

思《おも》わずかぁっと顔《かお》が熱《あつ》くなる。

ど、どうしようっ。今私《いまわたし》、キスされてたの⁉

いやでも今日《きょう》は、みんなもいるわけだし、まさかね……。

なんて思《おも》いつつも、ドキドキしてしまって落《お》ちつかない自分《じぶん》がいた。


最初《さいしょ》リクくんに案内《あんない》されたのは、広《ひろ》い楽屋《がくや》のようなお部屋《へや》だった。

見《み》ると、ドレスや仮装用《かそうよう》の衣装《いしょう》がずらっとハンガーにかかっていて、壁《かべ》には大《おお》きな鏡《かがみ》がついているし、化粧台《けしょうだい》のようなものまである。

「わぁっ、衣装《いしょう》がいっぱい！」

思《おも》わず声《こえ》を上《あ》げたら、リクくんが笑顔《えがお》で説明《せつめい》してくれた。

「ここがうちのドレスルーム。好《す》きな衣装《いしょう》を選《えら》んで着《き》ていいよ。メイク道具《どうぐ》も揃《そろ》ってるし」

ちなみに今日《きょう》はみんなでハロウィンの仮装《かそう》をするんだけど、衣装《いしょう》はリクくんの家《いえ》にあるものを貸《か》してくれるって言《い》うから、これからそれぞれ着替《きが》える予定《よてい》なんだ。

こんなに種類《しゅるい》があったら、なんの仮装《かそう》にしようか迷《まよ》っちゃうなぁ。

すると、レントくんがそこからサッと忍者《にんじゃ》の衣装《いしょう》を見《み》つけ出《だ》して。

「ソウにはこれがぴったりじゃね？」

「ははっ。ソウの身体能力《しんたいのうりょく》は忍者並《にんじゃな》みだもんね」

ハジメくんにも言《い》われて、困《こま》ったように眉《まゆ》をひそめるソウくん。

「やだよ。忍者《にんじゃ》はもう」

そういえば前《まえ》に保土沢《ほどさわ》グループのパーティーで、ソウくんたちが忍者《にんじゃ》ショーのキャストに扮《ふん》して潜入《せんにゅう》したことがあったんだっけ。なつかしいなぁ。（詳《くわ》しくは、『溺愛《できあい》×ミッションー！②巻《かん》』を読《よ》んでね）

なんて思《おも》ってたら、今度《こんど》はリクくんがカボチャの着《き》ぐるみを取《と》り出《だ》した。

「レントはこれでいいじゃん！」

「はっ、なんでだよ！　もっとかっこいいの着《き》させろよっ」

『キューッ！』

「あははっ。スピカが『おいしそう』だって」

衣装《いしょう》でわいわい盛《も》り上《あ》がるみんなを見《み》ていたら、ますます楽《たの》しくなってきてしまった。

「あ、メイクとヘアセットは俺《おれ》にまかせて！」

ふと、レントくんが思《おも》いついたように言《い》う。

「そっか。レントがいれば美容師《びようし》いらずだよね」

「ねぇ、アリスはこのドレス着《き》てよ」

すると今度《こんど》はリクくんが、私《わたし》に黒《くろ》いフリフリのミニドレスを見《み》せてきて。

「わぁ、かわいい！」

レースやフリルがたくさんついたそれは、小悪魔《こあくま》っぽいデザインですごくかわいかった。

でもよく見《み》ると、だいぶ丈《たけ》が短《みじか》いような……。

「そんな短《みじか》いのダメに決《き》まってんだろ」

すかさず横《よこ》からソウくんが突《つ》っ込《こ》んでくる。

そしたらレントくんもまた、ムッとした顔《かお》で。

「そうだよ、なんでリクが決《き》めるんだよっ。俺《おれ》はこのメイド服《ふく》のほうがいいな～」

「そう？　僕《ぼく》はアリスにはこれが似合《にあ》うと思《おも》うけど」

さらにはユイくんまでかわいいチャイナドレスを取《と》り出《だ》してきたので、ますます戸惑《とまど》ってしまった。

ど、どうしようっ。そんなにいろいろ言《い》われたら、迷《まよ》っちゃうよ〜っ。

そんな時《とき》、サッとソウくんが私《わたし》の前《まえ》に立《た》ち、手《て》を出《だ》してきて。

「全部却下《ぜんぶきゃっか》。てか、お前《まえ》らのリクエストは受《う》けつけねーから」

「えーっ、いいじゃん！」

「なんだよ、彼氏《かれし》だからって〜」

「あーあ。怒《おこ》られちゃった」

レントくん、リクくん、ユイくんが口々《くちぐち》に反応《はんのう》したら、ハジメくんがみんなをなだめるように言《い》った。

「まぁまぁ。揉《も》めないようアリスの衣装《いしょう》はアリスが選《えら》ぶってことで」

「じゃーん！　どうよ？」

警察官《けいさつかん》の格好《かっこう》をしたレントくんが、意気揚々《いきようよう》と更衣室《こういしつ》から飛《と》び出《だ》してくる。

ワッペンつきの黒《くろ》い半袖《はんそで》シャツにパンツ、そして黒《くろ》いネクタイ、黒《くろ》い帽子《ぼうし》というその姿《すがた》は、スタイルのいいレントくんに似合《にあ》っていて、とってもかっこよかった。

手《て》にはニセの拳銃《けんじゅう》まで持《も》っていて、それがまたすごくサマになっている。

「レントくん、めちゃくちゃ似合《にあ》ってる！」

「へへ、サンキュ。アリスも俺《おれ》に惚《ほ》れ直《なお》した？」

そんな時《とき》、突然《とつぜん》うしろから片腕《かたうで》で抱《だ》き寄《よ》せられて。

「アリスの血《ち》、俺《おれ》にちょーだい」

ドキッとして振《ふ》り返《かえ》ったら、そこには吸血鬼《きゅうけつき》の格好《かっこう》をしたリクくんが立《た》っていた。

「わあっ、リクくん！」

白《しろ》いシャツにワインレッドのベスト、黒《くろ》いパンツ、上《うえ》から黒《くろ》いマントを羽織《はお》ったリクくんは、映画《えいが》に出《で》てくるイケメンヴァンパイアみたいだ。

リクくんの大人《おとな》びた雰囲気《ふんいき》に似合《にあ》ってて、かっこいい！

「こらリク、何《なに》ベタベタしてんだよっ」

「何《なに》って、これが吸血鬼《きゅうけつき》の本能《ほんのう》だし？」

さっそくいつものようにじゃれ合《あ》いのケンカがはじまって、思《おも》わず笑《わら》っちゃう。

すると、今度《こんど》はハジメくんが更衣室《こういしつ》から出《で》てきて。

「こらこら、ふたりとも。あんまり熱《あつ》くなってると血圧《けつあつ》上《あ》がっちゃうよ〜」

なんて笑《わら》いながら歩《ある》いてきたハジメくんは、白《しろ》いシャツにグレーのネクタイ、上《うえ》から白衣《はくい》を羽織《はお》って、首《くび》からは聴診器《ちょうしんき》をかけていた。

わぁ、お医者《いしゃ》さんとかハジメくんにぴったり！　白衣《はくい》が似合《にあ》いすぎだよっ。

と思《おも》ってたら。

「あははっ。みんな違和感《いわかん》ないね」

今度《こんど》はそこに、黒《くろ》のフードつきのマントを羽織《はお》ってステッキを持《も》ったユイくんが現《あらわ》れた。

魔法学校《まほうがっこう》の生徒《せいと》のようなその格好《かっこう》は、ユイくんのかわいらしい雰囲気《ふんいき》に似合《にあ》いすぎて、思《おも》わず見入《みい》ってしまう。

さらにはスピカまで仮装《かそう》したらしく、魔法使《まほうつか》いの弟子《でし》のようなマントをつけて、魔女帽子《まじょぼうし》をかぶっていて。

そのあまりのかわいさに、思《おも》わずきゅんとしてしまった。

「すごいねっ。みんなほんとに似合《にあ》ってる！」

だけどそこで、ふとレントくんが。

「あれ？　そういえばソウは？」

言《い》われて更衣室《こういしつ》のほうに目《め》をやったら、その瞬間《しゅんかん》ガチャッとドアが開《あ》いて。

中《なか》からなんと、王子様《おうじさま》のような格好《かっこう》をしたソウくんが出《で》てきたので、思《おも》わず目《め》が釘《くぎ》づけになった。

う、嘘《うそ》っ！

めちゃくちゃかっこいい……！

肩章《けんしょう》のついた青《あお》いマントのような上着《うわぎ》の中《なか》に紺《こん》のベスト、そして細身《ほそみ》の白《しろ》いパンツに黒《くろ》いブーツといったその格好《かっこう》は、まるで本物《ほんもの》の王子様《おうじさま》みたい。

「えーっ！　なんだよソウ、王子《おうじ》かよっ」

「本気出《ほんきだ》しすぎだろ！」

リクくんとレントくんが言《い》うと、恥《は》ずかしそうに眉《まゆ》をひそめるソウくん。

「いや別《べつ》に、何《なに》を着《き》ようか迷《まよ》ってたらユイにこれ渡《わた》されたんだよ」

「ふふ。でも似合《にあ》うでしょ？」

そんな時《とき》、ふとソウくんと目《め》が合《あ》って。

「そ、ソウくんっ。すごくかっこいい！」

素直《すなお》に褒《ほ》めたら、ソウくんが照《て》れたように顔《かお》を赤《あか》らめたのがわかった。

「……サンキュ。アリスの衣装《いしょう》も楽《たの》しみにしてるから」

「うん、ありがとう」

楽《たの》しみなんて言《い》われたら、照《て》れくさいけどうれしくなっちゃうな。

そのまま私《わたし》もみんなと交代《こうたい》で更衣室《こういしつ》に入《はい》ると、さっそく衣装《いしょう》に着替《きが》えることにした。

ひとりじめしたい【side ソウ】

ガチャッと更衣室《こういしつ》のドアが開《ひら》く。

「お、お待《ま》たせっ」

すると、中《なか》からアリスが緊張《きんちょう》した様子《ようす》で出《で》てきたのがわかった。

その姿《すがた》を見《み》た瞬間《しゅんかん》、思《おも》わず息《いき》をのむ俺《おれ》。

「……っ」

マジかよ。かわいすぎだろ。

肩《かた》が出《で》るタイプのふわっとしたミニ丈《たけ》のドレスは、まるでウェディングドレスのように真《ま》っ白《しろ》で、華奢《きゃしゃ》なアリスにとても似合《にあ》っている。

まさにプリンセスって言葉《ことば》がぴったりというか。

レントとリクもそれを見《み》た瞬間《しゅんかん》、興奮《こうふん》したように叫《さけ》び出《だ》す。

「ちょっ、やばっ！」

「かわいすぎるんだけど!!」

ユイとハジメも、驚《おどろ》いたように目《め》を見開《みひら》いて。

「うん、めちゃくちゃ似合《にあ》うよ！」

「本物《ほんもの》のお姫様《ひめさま》かと思《おも》った」

全員《ぜんいん》がアリスのドレス姿《すがた》に見《み》とれているみたいだった。

俺《おれ》も思《おも》わず見《み》とれてしまったけれど、同時《どうじ》に複雑《ふくざつ》な気持《きも》ちが込《こ》み上《あ》げてくる。

この姿《すがた》をひとりじめできないことが、ちょっと悔《くや》しい気《き》もして。

とっさにアリスの前《まえ》へと歩《あゆ》み寄《よ》る俺《おれ》。

「アリス、似合《にあ》ってるな」

そしたら、アリスは照《て》れたように顔《かお》を赤《あか》らめて。

「そ、そうかな？　ありがとうっ」

「でも……」

アリスの腕《うで》を引《ひ》き寄《よ》せ、コソッと耳元《みみもと》でささやく。

「かわいすぎて、俺《おれ》以外《いがい》に見《み》せてほしくないんだけど」

思《おも》わず本音《ほんね》を口《くち》にしたら、アリスの顔《かお》がもっと赤《あか》くなったのがわかった。

楽《たの》しいパーティー

その後《ご》、レントくんにメイクやヘアセットをしてもらった私《わたし》たちは、パーティールームへと移動《いどう》。

そこでいよいよお待《ま》ちかねのハロウィンパーティーがはじまった。

まるでホテルのパーティー会場《かいじょう》みたいに広《ひろ》いその部屋《へや》は、あちこちにハロウィンの装飾《そうしょく》が施《ほどこ》されていて、とってもきらびやか。

テーブルには豪華《ごうか》な料理《りょうり》がずらっと並《なら》んでいるし、ハロウィンをモチーフにしたスイーツもいっぱいで、何《なに》から食《た》べようか迷《まよ》っちゃう。

「今日《きょう》はうちの料理長《りょうりちょう》が腕《うで》をふるったから。ちなみに俺《おれ》が作《つく》った料理《りょうり》もあるよ」

リクくんが得意《とくい》げな顔《かお》でテーブルを指《ゆび》さす。

料理《りょうり》が上手《じょうず》なリクくんは、何品《なんしな》か自分《じぶん》でも用意《ようい》してくれたみたい。

するとレントくんが、さっそくお皿《さら》に取《と》ったステーキを口《くち》にして。

「うわ、このステーキうまっ！」

「ん～。カヌレもパンナコッタも最高《さいこう》！」

その横《よこ》で甘党《あまとう》のハジメくんもおいしそうにデザートをほおばっていて、思《おも》わず笑《え》みがこぼれた。

「はいこれ。アリスのウーロン茶《ちゃ》」

そんな時《とき》、ソウくんが私《わたし》のぶんの飲《の》み物《もの》を持《も》ってきてくれて。

「ありがとう、ソウくん」

お礼《れい》を言《い》って受《う》け取《と》ったら、今度《こんど》はすぐ横《よこ》でユイくんがピザにタバスコをドバドバかけている様子《ようす》が目《め》に入《はい》る。

「ゆ、ユイくんっ。そんなにかけて大丈夫《だいじょうぶ》？」

「うん。これでも足《た》りないくらい」

なんてケロッと答《こた》えるユイくんは、相変《あいか》わらず辛《から》いものが大好《だいす》きみたい。

「そういえば、リクがたこ焼《や》きもあるって言《い》ってたよ」

そこでユイくんが思《おも》い出《だ》したように、ソウくんに声《こえ》をかけて。

「え、マジで？」

そう。じつはソウくんはたこ焼《や》きが大好物《だいこうぶつ》なんだ。

もしかしてリクくん、ソウくんのために用意《ようい》してくれたのかな？

「あ、あそこにあったよ！」

私《わたし》が指《ゆび》をさしたら、ソウくんはさっそくお皿《さら》を持《も》ってたこ焼《や》きのあるテーブルへと向《む》かった。

私《わたし》もそのうしろをついていく。

「たこ焼《や》き、アリスも食《た》べる？」

「食《た》べる！」

ソウくんが私《わたし》のぶんもお皿《さら》に取《と》ってくれたので、さっそく一緒《いっしょ》に口《くち》に運《はこ》ぶ。

「あ、うまい」

「うん、おいしいね」

お互《たが》い顔《かお》を見合《みあ》わせて笑《わら》いあったら、なんだかすごく幸《しあわ》せな気持《きも》ちになった。

ふふ、楽《たの》しいなぁ。

すると、ソウくんがふと思《おも》い出《だ》したように。

「そうだアリス。帰《かえ》りにちょっと時間《じかん》ある？」

「うん、あるよ。どうしたの？」

私《わたし》が尋《たず》ねると、ソウくんは少《すこ》しそわそわした様子《ようす》で。

「いや、だって今日《きょう》は……」

だけど言《い》い終《お》わる前《まえ》に突然《とつぜん》、パッと部屋《へや》の明《あ》かりが消《き》えた。

「えっ！」

「ん？」

なんだろう急《きゅう》に……と思《おも》ってたら。

——ジャジャジャジャーン！

スピーカーから大《おお》きな音楽《おんがく》が流《なが》れ出《だ》したと思《おも》ったら、リクくんの声《こえ》が聞《き》こえてきた。

〈イエーイ！　楽《たの》しんでる？〉

何《なに》かと思《おも》って目《め》をやると、会場内《かいじょうない》のステージがライトで照《て》らされて、そこにリクくんがマイクを持《も》って登場《とうじょう》。

〈今日《きょう》はこれからスペシャルマジックを披露《ひろう》するから、みんなステージ前《まえ》に集合《しゅうごう》な！〉

なんとリクくん、サプライズでマジックショーを企画《きかく》してくれていたみたい。

ソウくんとふたりでステージの前《まえ》まで駆《か》け寄《よ》ると、レントくんやユイくん、ハジメくんも集《あつ》まってくる。

リクくんは、最初《さいしょ》に黒《くろ》いシルクハットとステッキを手《て》に取《と》ると、空《から》のシルクハットの中《なか》身《み》をこちらに見《み》せた。

そして、次《つぎ》の瞬間《しゅんかん》ステッキでコンコンとハットのつばを叩《たた》いたかと思《おも》えば。

——バサバサバサッ！

突然《とつぜん》、中《なか》から白《しろ》い鳩《はと》が飛《と》び出《だ》してくる。

「わぁ、すごいっ！」

思《おも》わず両手《りょうて》で拍手《はくしゅ》しちゃった。

あの足環《あしわ》をつけた白《しろ》い鳩《はと》は、リクくんのペットのクラウンだ。

マジックの相棒《あいぼう》として、いつもリクくんが連《つ》れているんだよね。

続《つづ》けてリクくんは、カボチャのランタンを使《つか》ったマジックや、クラウンがコウモリに化《ば》けるマジックなど、ハロウィンらしいマジックをいくつも披露《ひろう》してくれて。

どれもワクワクするものばかりだったので、みんなですごく盛《も》り上《あ》がることができた。

〈よし、それじゃあ最後《さいご》はとっておきのマジックを！〉

リクくんがそう告《つ》げた瞬間《しゅんかん》、もくもくとステージ奥《おく》から煙《けむり》がわいてくる。

そして、テーブルの上《うえ》に置《お》いたシルクハットから大《おお》きな布《ぬの》を取《と》り出《だ》すと、その布《ぬの》をハットにかぶせて。

〈いくぜっ。三《さん》、二《に》、一《いち》……〉

リクくんがサッとその布《ぬの》を取《と》り外《はず》したと思《おも》ったら、突然《とつぜん》シルクハットが消《き》えて、かわりに大《おお》きめのゾンビの置物《おきもの》が現《あらわ》れた。

しかもそれが、映画《えいが》みたいにリアルで。

「きゃあぁっ!!」

怖《こわ》くて思《おも》わず隣《となり》のソウくんにしがみついたら、前《まえ》で見《み》ていたレントくんも叫《さけ》び出《だ》す。

「ギャーッ！　ゾンビ！」

怖《こわ》いものが苦手《にがて》なレントくんは、隣《となり》にいたハジメくんに勢《いきお》いよく抱《だ》きついていた。

『キュ〜ッ!!』

同時《どうじ》にスピカも悲鳴《ひめい》のような声《こえ》を上《あ》げる。

そして、ユイくんの肩《かた》から飛《と》び降《お》りると、逃《に》げるように猛《もう》スピードで走《はし》り出《だ》して。

「あっ、スピカ！」

そのままスピカは、会場《かいじょう》の外《そと》へ飛《と》び出《だ》していってしまったようだった。

マジックショーが終《お》わった瞬間《しゅんかん》、リクくんが笑顔《えがお》でステージから降《お》りてくる。

「どうだった？　マジック」

そしたらすかさずレントくんが答《こた》えた。

「それより大変《たいへん》なんだよっ。スピカが怖《こわ》がって逃《に》げた！」

「えっ、マジ⁉」

「うん。ゾンビに驚《おどろ》いて部屋《へや》から出《で》ていっちゃったみたいで……」

私《わたし》も事情《じじょう》を説明《せつめい》したら、ちょっと申《もう》し訳《わけ》なさそうに謝《あやま》るリクくん。

「えー、ごめん。そんなに怖《こわ》かったかな～、あのゾンビ」

「いや、リアルすぎるだろ！　あれはっ」

「とりあえず、俺《おれ》たちもユイと一緒《いっしょ》に探《さが》そう」

ソウくんに言《い》われて、私《わたし》たちも会場《かいじょう》を出《で》る。

すると廊下《ろうか》を進《すす》んだところで、先《さき》にスピカを探《さが》しに行《い》っていたユイくんを発見《はっけん》した。

「ユイくん！　スピカは？」

私《わたし》が駆《か》け寄《よ》って声《こえ》をかけると、首《くび》を横《よこ》に振《ふ》るユイくん。

「まだ見《み》つからない。もしかしたらどこか部屋《へや》に逃《に》げ込《こ》んだのかもしれないけど、何《なに》しろ家《いえ》が広《ひろ》すぎるから、見当《けんとう》がつかなくて」

「うーん、困《こま》ったなぁ。ソウ、足音《あしおと》とか聞《き》けたりしない？」

ハジメくんに聞《き》かれて、ソウくんが耳《みみ》をすませるようなポーズをする。

「いや、さすがにリスの足音《あしおと》まではわかんねぇ。鳴《な》き声《ごえ》ならわかると思《おも》うけど」

「よし、呼《よ》びかけてみよう」

そこで私《わたし》たちはスピカに応答《おうとう》してもらうため、とにかく呼《よ》びかけてみることにした。

「スピカー！　出《で》ておいでっ」

「大丈夫《だいじょうぶ》！　もうゾンビはいないよ〜」

だけど、なかなかスピカの返事《へんじ》がない。

よっぽどゾンビが怖《こわ》かったのかなぁ……。

そんな時《とき》、ふとレントくんが廊下《ろうか》の隅《すみ》を指《ゆび》さして。

「あっ。あそこになんか落《お》ちてるぞ！」

急《いそ》いで駆《か》け寄《よ》って見《み》てみたら、そこには小《ちい》さな魔女帽子《まじょぼうし》が落《お》ちていた。

「これ、スピカのかぶってた帽子《ぼうし》じゃね？」

「ほんとだ。ってことは、ここを通《とお》ったたってことだよね？」

「うーん。もしどこかの部屋《へや》に入《はい》ったんだとしたら……スピカは自分《じぶん》でドアは開《あ》けられないから、もとからドアが開《あ》いていたか、入《はい》る隙間《すきま》があったか」

ハジメくんの推理《すいり》を聞《き》いて、みんななるほどといった顔《かお》でうなずく。

それからドアが開《あ》いている部屋《へや》がないか探《さが》して歩《ある》いたら、ふとリクくんが【書斎《しょさい》】と書《か》かれた部屋《へや》の前《まえ》で立《た》ち止《ど》まった。

「ここ、親父《おやじ》の書斎《しょさい》なんだけど。よく見《み》たら上《うえ》の小窓《こまど》が開《あ》いてるな」

「えっ。じゃあの小窓《こまど》から入《はい》った可能性《かのうせい》ある!?」

それを聞《き》いて見上《みあ》げると、たしかにドアの上《うえ》のほうに小窓《こまど》があって、そこが少《すこ》しだけ空《あ》いているみたい。

すかさずドアに耳《みみ》を当《あ》て、音《おと》を聞《き》くソウくん。

「……なんか、中《なか》からカサコソ音《おと》がする」

その瞬間《しゅんかん》、ユイくんがとっさにドアノブに手《て》をかけて。

——ガチャガチャッ。

「あれっ、開《あ》かない」

だけどカギがかかっているようだったので、ユイくんはドアを叩《たた》いて中《なか》へと呼《よ》びかけた。

「スピカ！　そこにいるなら返事《へんじ》して！」

『キュウゥ……』

するど、中《なか》からか細《ぼそ》い鳴《な》き声《ごえ》が聞《き》こえてきて、ハッとしてみんなで顔《かお》を見合《みあ》わせる。

「やっぱり、この中《なか》にいる！」

「出《で》ておいで、スピカ！　ゾンビはもういないから」

ユイくんが説得《せっとく》するように言《い》うと、スピカはまだ不安《ふあん》そうな声《こえ》で。

『キュウ、キュウ……』

「ダメだ。怖《こわ》くて動《うご》けないって」

「おいリク、この部屋《へや》のカギは？」

レントくんが尋《たず》ねると、リクくんはサッとスマホを取《と》り出《だ》す。

「あーごめん。俺《おれ》は持《も》ってねーから、ちょっとお手伝《てつだ》いさん呼《よ》ぶわ」

そして画面《がめん》をタップして電話《でんわ》をかけようとしたところ、横《よこ》からハジメくんが阻止《そし》するようにサッと手《て》を出《だ》した。

「いや、大丈夫《だいじょうぶ》。たぶん三十秒《さんじゅうびょう》もあれば開《あ》けられるよ」

あ、そっか。ハジメくんはピッキングの名人《めいじん》なんだ！

まさかこんな時《とき》にまで能力《のうりょく》が役《やく》に立《た》つなんて。

ハジメくんはさっそくポケットからいつも持《も》ち歩《ある》いている道具《どうぐ》を取《と》り出《だ》すと、鍵穴《かぎあな》に差《さ》し込《こ》んでカチャカチャといじりはじめる。

「……あ、できたっ」

そしたらものの十秒《じゅうびょう》もしないうちにカギが開《あ》いて、あまりの早《はや》さにびっくりしてしまった。

「すごいっ。さすがハジメくん！」

「ありがとう！」

ユイくんは、すぐさまドアを開《あ》けると中《なか》へ駆《か》け込《こ》んでいく。

私《わたし》もあとをついて中《なか》に入《はい》ったら、奥《おく》にあった椅子《いす》の上《うえ》でスピカが縮《ちぢ》こまって震《ふる》えている姿《すがた》が見《み》えて。

「スピカ！」

ユイくんはスピカの体《からだ》を抱《だ》き上《あ》げると、胸《むね》にかかえ込《こ》むようにして抱《だ》きしめた。

「ごめん、怖《こわ》かったよね。もう大丈夫《だいじょうぶ》だよ」

『キュウウゥ～』

ユイくんの腕《うで》の中《なか》で、ほっとしたように声《こえ》を上《あ》げるスピカ。

その姿《すがた》を見《み》ていたら、思《おも》わず胸《むね》がジーンとしちゃう。

するとレントくんが、ムッとした顔《かお》でリクくんを肘《ひじ》で小突《こづ》いて。

「つたく。リクがおどかすから」

「いやだって、ハロウィンといえばゾンビだろ？」

リクくんが言《い》い返《かえ》したら、横《よこ》からソウくんが苦笑《にがわら》いしながら突《つ》っ込《こ》んだ。

「まぁ、レントもだいぶビビってたけどな」

「う、うるせぇっ……！」


スピカを無事《ぶじ》連れ戻《もど》した私《わたし》たちは、会場《かいじょう》に戻《もど》ってパーティーの続《つづ》きを楽《たの》しんだ。

料理《りょうり》を食《た》べたり写真《しゃしん》を撮《と》ったりしていたら、お手伝《てつだ》いさんのひとりがワゴンでケーキを運《はこ》んできてくれて。

「お待《ま》たせしました。こちら、パティシエ特製《とくせい》のジャックオランタンケーキです」

カボチャの形《かたち》をしたオレンジ色《いろ》のケーキは、見《み》た目《め》も凝《こ》っていてすごくかわいかった。

「わぁっ、かわいい！」

「すげーなこれ。超映《ちょうば》えるじゃん！」

レントくんがさっそくスマホで写真《しゃしん》を撮《と》って、リクくんに尋《たず》ねる。

「これ、SNS《エスエヌエス》に上《あ》げていい？」

「レントはダメー」

「はぁっ⁉」

「って、冗談《じょうだん》だよ」

またしてもふたりのやりとりが面白《おもしろ》くて、つい笑《わら》っちゃう。

すると、お手伝《てつだ》いさんがさっそくケーキを切《き》り分《わ》けてくれたので、みんなでいただくことに。

「いただきまーす」

「あ、うまい！」

「うんっ。この生《なま》クリームおいしいね！」

カボチャ味《あじ》の生《なま》クリームとカボチャのペーストがたっぷり入《はい》ったそのケーキは、甘《あま》くてコクがあってとってもおいしかった。

「あ、そうだっ」

その時《とき》ふと、みんなへのプレゼントを用意《ようい》していたことを思《おも》い出《だ》した私《わたし》。

慌《あわ》ててお皿《さら》をテーブルに置《お》くと、荷物《にもつ》を取《と》りに行《い》く。

「はいこれ。クッキーを作《つく》ってきたんだけど、よかったらお土産《みやげ》に」

そう言《い》ってラッピング袋《ぶくろ》を配《くば》ったら、みんな喜《よろこ》んで受《う》け取《と》ってくれた。

「マジで⁉　すげーうれしいんだけど！」

「アリスの手作《てづく》りとか、超味《ちょうあじ》わって食《た》べるし！」

ふふ。そんなに喜《よろこ》んでもらえたら、作《つく》ったかいがあるなぁ。

「ねぇねぇ、せっかくだからみんなで写真撮《しゃしんと》ろうよ！」

すると、今度《こんど》はハジメくんの呼《よ》びかけで写真《しゃしん》を撮《と》ることに。

みんなで肩《かた》を寄《よ》せ合《あ》って、カメラに向《む》かってピースをする。

「いくよーっ。合言葉《あいことば》は、せーのっ」

「『ハッピーハロウィン！』」

――カシャッ。

その瞬間《しゅんかん》、またステキな思《おも》い出《で》が増《ふ》えたような気《き》がして、幸《しあわ》せな気持《きも》ちになった。


パーティーがお開《ひら》きになったところで、仮装《かそう》から元《もと》の私服《しふく》に着替《きが》えた私《わたし》たち。

リクくんには「そのドレスあげるからずっと着《き》ててよ」なんて言《い》われてしまったけれど、

あんな高《たか》そうなものをいただくわけにはいかないので、さすがに遠慮《えんりょ》した。

「楽《たの》しかったねー」

「うん。料理《りょうり》もおいしかったし」

広《ひろ》い庭《にわ》を歩《ある》きながら、ハジメくんとユイくんがつぶやく。

「そうだね。リクくんのマジックもすごかったし」

私《わたし》がマジックの話《はなし》をしたら、レントくんが横《よこ》でぼそっとささやいた。

「……あのゾンビさえなければな」

それを聞《き》いたリクくんが、いたずらっぽくレントくんに声《こえ》をかける。

「なんならあのゾンビ、土産《みやげ》に持《も》って帰《かえ》る？」

「い、いらねーよっ！」

「「あははっ」」

そんなふうにわいわい話《はな》しているうちに、ハジメくんがお花《はな》の写真《しゃしん》を撮《と》りはじめたり、リクくんとレントくんがじゃれ合《あ》って追《お》いかけっこをはじめたりして。

なかなか帰《かえ》る雰囲気《ふんいき》にならず盛《も》り上《あ》がっていたら、ふとソウくんに声《こえ》をかけられた。

「アリス、ちょっといい？」

「うん」

うなずくと、突然《とつぜん》ぎゅっと私《わたし》の手《て》を握《にぎ》って歩《ある》き出《だ》すソウくん。

な、なんだろう？

こうやって手《て》を繋《つな》ぐのは初《はじ》めてじゃないはずなのに、やっぱり今《いま》でもドキドキしちゃうなぁ。

なんて思《おも》ってたら、いつのまにか豪邸《ごうてい》の裏庭《うらにわ》らしき場所《ばしょ》にたどりついて。

奥《おく》にはオシャレな白《しろ》いベンチが置《お》いてあったので、見《み》た瞬間《しゅんかん》ハッとした。

あれっ？　あのベンチってたしか、予知《よち》で見《み》た——。

ソウくんに手《て》を引《ひ》かれ、白《しろ》いベンチにふたりで腰《こし》かけると、とたんにまた心臓《しんぞう》がドキドキしてくる。

「ど、どうしたの？　ソウくん」

私《わたし》が尋《たず》ねると、少《すこ》し照《て》れくさそうな顔《かお》で謝《あやま》るソウくん。

「ごめん。どうしてもアリスとふたりきりになりたくて」

そんなふうに言《い》われたら、予知《よち》のせいもあってますます心拍数《しんぱくすう》が上《あ》がってしまった。

でも、正直《しょうじき》うれしいなんて思《おも》っている自分《じぶん》もいて。

「今日《きょう》、なんの日《ひ》かわかる？」

ソウくんが私《わたし》の目《め》を見《み》て尋《たず》ねてくる。

「えっと、ハロウィンだよね？」

何《なに》も考《かんが》えずに答《こた》えたら、なんともいえない表情《ひょうじょう》をするソウくん。

「うん。でも、それだけじゃなくて……」

「えっ？」

なんだろう。

十月三十一日《じゅうがつさんじゅういちにち》でしょ。えーっと……。

そしたらソウくんはくすっと笑《わら》うと、私《わたし》にこう告《つ》げた。

「ちょっと目《め》つぶって」

まさかの展開《てんかい》に、あの予知《よち》が頭《あたま》をよぎる。

も、もしかしてこれ、キスされるの……？

とりあえず言《い》われたとおり、目《め》をつぶる私《わたし》。

心臓《しんぞう》が今《いま》にも破裂《はれつ》しそうなくらいドキドキいってる。

だけどしばらく待《ま》っていても、何《なに》も起《お》こる気配《けはい》はなくて。

落《お》ちつかない気持《きも》ちでいたら、次《つぎ》の瞬間首《しゅんかんくび》にヒヤッと冷《つめ》たい感触《かんしょく》がした。

……あれっ？

「もういいよ」

言《い》われてそっと目《め》を開《あ》ける。

そこで自分《じぶん》の首元《くびもと》を確認《かくにん》すると、いつのまにかキラキラしたハートモチーフのネックレスがつけられていて。

「えっ！　これ……」

驚《おどろ》いてソウくんの顔《かお》を見《み》たら、ソウくんは優《やさ》しい表情《ひょうじょう》でこう言《い》った。

「今日《きょう》は、俺《おれ》たちが付《つ》き合《あ》って三《さん》か月《げつ》の記念日《きねんび》」

「……っ！」

そっか！　だからこんなプレゼントを？

ソウくん、記念日《きねんび》までちゃんと覚《おぼ》えてくれてたんだ……。

「このネックレス、つけててほしいんだ。彼女《かのじょ》のしるしとして」

ソウくんがそう言《い》って、私《わたし》の目《め》をじっと見《み》つめる。

どうしようっ。こんなのうれしすぎて、泣《な》いちゃいそうなんだけど。

「ありがとう、ソウくん。大事《だいじ》にするね」

目《め》をうるませながらお礼《れい》を言《い》ったら、ソウくんはまた優《やさ》しく微笑《ほほえ》んだ。

「これからも、アリスのことは俺《おれ》が守《まも》るから。ずっと一緒《いっしょ》にいような」

「うんっ」

うなずくと、ソウくんの片手《かたて》が私《わたし》の頬《ほお》にそっと触《ふ》れる。

そのままゆっくりと顔《かお》が近《ちか》づいてきたと思《おも》ったら、唇《くちびる》が重《かさ》なって。

胸《むね》の奥《おく》が幸《しあわ》せな気持《きも》ちでいっぱいに満《み》たされる。

——そっか。あの時《とき》の予知《よち》はこれだったんだね。

唇《くちびる》が離《はな》れた瞬間《しゅんかん》、愛《いと》おしそうに私《わたし》を見《み》

つめるソウくんと目《め》が合《あ》った。

「アリス、好《す》きだよ」

「私《わたし》も、大好《だいす》き……」

これからもずっとずっと、ソウくんの隣《となり》にいられますように——。

なんて願《ねが》ったその時《とき》。

「おい、いたぞっ！」

どこからかレントくんの声《こえ》がして、ビクッと体《からだ》がはねる。

おそるおそる振《ふ》り返《かえ》ったら、そこにはいつのまにかみんなの姿《すがた》があった。

「こらー！　人《ひと》ん家《ち》の庭《にわ》で何《なに》イチャイチャしてんだよっ」

リクくんが大声《おおごえ》で叫《さけ》びながら、こちらへ走《はし》ってくる。

同《おな》じくレントくんもムッとした顔《かお》で駆《か》け寄《よ》ってきて。

「勝手《かって》にふたりで消《き》えやがって～！」

ふたりに詰《つ》め寄《よ》られたソウくんは、ちょっと気《き》まずそうに視線《しせん》を横《よこ》にそらした。

「お前《まえ》らがいつまでも追《お》いかけっこしてるからだろ」

すると今度《こんど》はうしろから、ハジメくんとユイくんも歩《ある》いてきて。

「なんだー。先《さき》にふたりで帰《かえ》ったのかと思《おも》ったら、ここにいたんだ」

ハジメくんが笑《わら》いながら言《い》う横《よこ》で、ユイくんがハッと気《き》づいたように。

「そのネックレス、かわいいね。もしかしてソウのプレゼント？」

「えっ！　えっと……うん」

ドキッとしつつもうなずいたら、リクくんとレントくんが同時《どうじ》に声《こえ》を上《あ》げた。

「「はあああっ!?」」

どうしようっ。さっそく見《み》つかっちゃった！

さすがユイくん、記憶力《きおくりょく》がいいだけあって鋭《するど》いなぁ。

「くそっ。いつのまにプレゼントなんかっ」

「やっぱりソウは抜《ぬ》け駆《が》け野郎《やろう》だな！」

レントくんとリクくんにじっと睨《にら》まれて、苦笑《にがわら》いするソウくん。

そしたらハジメくんとユイくんが、くすくす笑《わら》いながら。

「まぁまぁ、ラブラブなんだから仕方《しかた》ないよ〜」

「そうそう。温《あたた》かく見守《みまも》ってあげなくちゃ」

そんなふうに言《い》われたら、ますます照《て》れくさくなっちゃうけど。

やっぱりこうしてみんなでわいわいしてるのが、一番楽《いちばんたの》しいなって思《おも》う。
そんなこんなでプラネットのハロウィンパーティーは、最後《さいご》まで大盛《おおも》り上《あ》がりで。
いろいろな意味《いみ》で最高《さいこう》の一日《いちにち》になったんだ。

END

あこがれ男子《だんし》と
ひみつのワケあり同居《どうきょ》!
迎《むか》えに来《き》ましたお姫様《ひめさま》
文化祭《ぶんかさい》の執事《しつじ》カフェで、
朔《さく》のイケメンっぷりに
きゅんが止《と》まらない♡
ゆいっと・著
小鳩《こばと》ぐみ・絵

キャラクター紹介《しょうかい》

相沢《あいざわ》小春《こはる》

いたって普通《ふつう》の中《ちゅう》2女子《じょし》。全校《ぜんこう》生徒《せいと》の憧《あこが》れでクラスメイトの朔《さく》の家（しかも朔《さく》の隣《となり》の部屋《へや》！）で突然《とつぜん》、暮《く》らすことに!?

永瀬《ながせ》朔《さく》

学校一《がっこういち》イケメンのモテ男子《だんし》。クールで女嫌《おんなぎら》いだけど、一緒《いっしょ》に過《す》ごすうち小春《こはる》にだけ甘々《あまあま》に。寝《ね》ぼけると何《なに》にでも抱《だ》き着《つ》く癖《くせ》がある。

あらすじ
女嫌《おんなぎら》いな超《ちょう》イケメンと
ドキドキの同居生活《どうきょせいかつ》！
私《わたし》、中《ちゅう》2の小春《こはる》。わけあって、学校《がっこう》でも有名《ゆうめい》なめちゃモテ男子《だんし》・朔《さく》くんの家《いえ》に居候《いそうろう》することに！
クールで近寄《ちかよ》りがたいと思《おも》っていた朔《さく》くん。でも、同居《どうきょ》をきっかけに優《やさ》しい一面《いちめん》を知《し》って…。
気《き》づいたら好《す》きになっていたんだ。夢《ゆめ》みたいだけれど、両想《りょうおも》いになることができたの！
でも、文化祭《ぶんかさい》で朔《さく》くんが出《で》ることになった
執事《しつじ》カフェで…
ハプニング発生中《はっせいちゅう》!?

朝《あさ》のドキドキルーティン

ジリリリリ…………！

二階《にかい》から聞《き》こえてくるのは、けたたましい目覚《めざ》まし時計《どけい》の音《おと》。

キッチンでお弁当《べんとう》を詰《つ》めている私《わたし》の横《よこ》では、この家《いえ》の主《ぬし》、香織《かおり》さんが「もうっ！」とイライラしはじめている。

そろそろ行《い》ったほうがいいかも……。

「私《わたし》、起《お》こしてきますねっ！」

エプロンを外《はず》しながらそう告《つ》げれば、香織《かおり》さんは申《もう》し訳《わけ》なさそうに、そして困《こま》ったように眉《まゆ》を下《さ》げた。

「ごめんね。いつも小春《こはる》ちゃんに迷惑《めいわく》かけて。朔《さく》ったらもう……っ！」

「だ、大丈夫《だいじょうぶ》ですよ！　もう慣《な》れたので！」

イライラが頂点《ちょうてん》に達《たっ》しそうな香織《かおり》さんをなだめて、私《わたし》は階段《かいだん》を上《あ》がった。

私《わたし》、相沢小春《あいざわこはる》。中学二年生《ちゅうがくにねんせい》。ここは私《わたし》の家《いえ》ではない。

数《すう》か月前《げつまえ》、お父《とう》さんの海外出張《かいがいしゅっちょう》にお母《かあ》さんもついていき、私《わたし》だけ日本《にほん》に残《のこ》ることになった。

だけど、ひとり暮《ぐ》らしはさせられないということで、私《わたし》はお母《かあ》さんの知《し》り合《あ》いの家《いえ》に居候《いそうろう》させてもらうことになったんだ。

その家《いえ》には男《おとこ》の子《こ》がいると聞《き》いていたんだけど、幼稚園児《ようちえんじ》くらいの子《こ》かと思《おも》ったら、なんとクラスメイトの永瀬朔《ながせさく》くんだったの！

朔《さく》くんは女子嫌《じょしぎら》いで有名《ゆうめい》で、私《わたし》は彼《かれ》のことが超苦手《ちょうにがて》だった。だから、最初《さいしょ》はどうなることかと思《おも》ったけれど、一緒《いっしょ》に暮《く》らしているうちに、朔《さく》くんの優《やさ》しいところをいっぱい知《し》って、気《き》づいたら好《す》きになっていて……。

夏休《なつやす》み中《ちゅう》に、ついに両想《りょうおも》いになれたんだ。

そして、正式《せいしき》にお付《つ》き合《あ》いすることに！

「朔《さく》くん開《あ》けるよー」

返事《へんじ》がないのはわかっているけど、一応声《いちおうこえ》をかけてから入室《にゅうしつ》。

ドアを開《あ》けると、思《おも》ったとおり大音量《だいおんりょう》のアラームが鳴《な》り響《ひび》く中《なか》、ベッドの上《うえ》ですやすや眠《ねむ》っている朔《さく》くんの姿《すがた》が飛《と》び込《こ》んできた。

これだけの爆音《ばくおん》の中《なか》で眠《ねむ》っていられるって、ある意味才能《いみさいのう》だよね……。

だけど、かっこいいなあ……。

寝顔《ねがお》ですらこんなにかっこいいなんて、今日《きょう》も朝《あさ》からぽーっと見《み》とれてしまうけど、すぐ我《われ》に返《かえ》る。

「はっ、いけないいけない！　起《お》こさないと遅刻《ちこく》しちゃう。……よしっ！」

私《わたし》には、朔《さく》くんを起《お》こすっていう使命《しめい》があるんだった。

うっかり見《み》とれていた自分《じぶん》に気合《きあい》を入《い》れて、枕元《まくらもと》に近《ちか》づいた。

「朝《あさ》だよ！　起《お》きて！」

彼女《かのじょ》の私《わたし》が言《い》うのもなんだけど、朔《さく》くんは超《ちょう》イケメンで、以前《いぜん》はファンクラブまであったほどの人気者《にんきもの》。

大人《おとな》っぽくてクールだし、油断《ゆだん》も隙《すき》も見《み》せない完璧《かんぺき》な人《ひと》。

だけど、ひとつだけ弱点《じゃくてん》を挙《あ》げるとすれば……。

「ほら、起《お》きて――！」

それは朝《あさ》!!

めちゃくちゃ朝《あさ》に弱《よわ》くて、どんな強力《きょうりょく》な目覚《めざ》まし時計《どけい》があっても起《お》きられないの！

こうやって声《こえ》をかけても簡単《かんたん》には起《お》きてくれなくて、毎朝手《まいあさて》こずってるってわけ。

これを学校《がっこう》のみんなが知《し》ったら、びっくりするだろうなあ。

「朔《さく》くんっ!!」

呼《よ》びかけだけじゃダメだから、今度《こんど》は体《からだ》を揺《ゆ》さぶった。

だけど！　これをするには気《き》をつけなきゃいけないことがある。今日《きょう》も慎重《しんちょう》に手《て》を伸《の》ばしたつもりだったんだけど——気《き》づいた時《とき》には、視界《しかい》が反転《はんてん》していた。

「うわあっ……」

ポス——ッ。……またやっちゃった。

……私《わたし》の体《からだ》は今《いま》、朔《さく》くんの胸《むね》の中《なか》にすっぽり。

朝《あさ》からイチャイチャしているわけではないよ!?

朔《さく》くんには、朝《あさ》の寝起《ねお》きで最初《さいしょ》に触《ふ》れたものを抱《だ》きしめるという、とっても特殊《とくしゅ》なクセがあるの……。

「はあ……」

だから細心《さいしん》の注意《ちゅうい》を払《はら》っているのに、今《いま》でもたまにこうなっちゃう。

「さくっ、くんっ……起《お》きて——！」

寝《ね》ているのにすごい力《ちから》。私《わたし》は朔《さく》くんをグーッと押《お》すようにして体《からだ》を離《はな》す。

そこでようやく、朔《さく》くんは「……ん――」と声《こえ》を発《はっ》し、ぱち、と目《め》を開《あ》けた。

徐々《じょじょ》に開《ひら》いてきた、くっきりと形《かたち》のよい二重《ふたえ》が私《わたし》を捉《とら》える。

「あ……」

至近距離《しきんきょり》で目《め》を合《あ》わされて、恥《は》ずかしくてたまらない。

心臓《しんぞう》がドキドキしはじめ、一瞬《いっしゅん》にして全身《ぜんしん》が熱《あつ》くなる。

「やべ……またやっちまった……」

「お、おはよっ……」

朔《さく》くんもやっと今《いま》の状況《じょうきょう》を理解《りかい》したみたいで、バツが悪《わる》そうに目《め》をそらした。

でも次《つぎ》の瞬間《しゅんかん》、また私《わたし》に向《む》き直《なお》って腕《うで》をつかんできたんだ。

「もうちょっとこのままでいる？」

唇《くちびる》が、緩《ゆる》やかに弧《こ》を描《えが》く。

このままで……？　一瞬《いっしゅん》、思考《しこう》が止《と》まりかけて――。

「も、もう朔《さく》くんてばっ……！」

付《つ》き合《あ》ってからわかったこと。それは、朔《さく》くんはたまーにイジワルだってこと。

それまでのクールな朔《さく》くんのイメージとは大違《おおちが》いでびっくりしちゃった。

私《わたし》は今度《こんど》こそ朔《さく》くんの腕《うで》から脱出《だっしゅつ》して、ベッドからもぴょんと飛《と》び降《お》りると髪《かみ》のセットを直《なお》した。

朔《さく》くんのぬくもりの余韻《よいん》が、まだ私《わたし》をドキドキさせる……。

「は、早《はや》く支度《したく》しないと遅刻《ちこく》しちゃうからね……っ！」

沸騰《ふっとう》しそうな体《からだ》をしずめるために、私《わたし》はそそくさと朔《さく》くんの部屋《へや》をあとにした。


「小春《こはる》おはよう」

「おっはよ」

学校《がっこう》へついた私《わたし》に声《こえ》をかけてくれたのは、親友《しんゆう》の石黒蘭子《いしぐろらんこ》ちゃんと金子真希《かねこまき》ちゃん。

「蘭子《らんこ》ちゃん真希《まき》ちゃん、おはよう」

このふたりにだけは、朔《さく》くんの家《いえ》でお世話《せわ》になっていることを伝《つた》えている。

「はあ〜」

私《わたし》は席《せき》へつくなり机《つくえ》に突《つ》っ伏《ぷ》し、さっきのことを思《おも》い返《かえ》していた。

毎朝毎朝《まいあさまいあさ》、私《わたし》には刺激《しげき》が強《つよ》すぎるよ。私《わたし》の心臓《しんぞう》、いつか破裂《はれつ》しちゃうんじゃないかな。

「なになに～？　永瀬《ながせ》となんかあったの～？」

「な、何《なに》もないよ……っ」

鋭《するど》い真希《まき》ちゃんの突《つ》っ込《こ》みに上体《じょうたい》を起《お》こしつつ、動揺《どうよう》が隠《かく》せない。

「ははは っ。彼氏《かれし》と一緒《いっしょ》に住《す》んでるっていろいろ大変《たいへん》みたいね～」

「そうね、親《おや》はいるけど、ある意味同棲《いみどうせい》と一緒《いっしょ》だものね」

「ど、ど、同棲《どうせい》っ!?」

思《おも》わず叫《さけ》んじゃって、クラス中《じゅう》から一気《いっき》に注目《ちゅうもく》を浴《あ》びてしまう。

うわっ。私《わたし》は恥《は》ずかしさを隠《かく》すように再《ふたた》び机《つくえ》に突《つ》っ伏《ぷ》す。

「おっす」

けれど、直後《ちょくご》に教室内《きょうしつない》で響《ひび》いた声《こえ》にビクンッと反応《はんのう》。

朔《さく》くんが登校《とうこう》してきたみたい。遅刻《ちこく》しないでよかったぁ……。

伏《ふ》せていた顔《かお》をほんの少《すこ》し上《あ》げ、そーっと朔《さく》くんを目《め》で追《お》う。

今日《きょう》もさわやかで神々《こうごう》しい。朔《さく》くんのまわりからはキラキラオーラが漂《ただよ》っている。

『……もうちょっとこのままでいる？』

ふと、脳内《のうない》に流《なが》れ込《こ》んできた朔《さく》くんの声《こえ》。

わわわっ。思《おも》い出《だ》したら、またドキドキしてきちゃったよ。ダメダメ、ここは学校《がっこう》なんだから～。

ぎゅーっと目《め》をつぶってから再《ふたた》び開《あ》けると、そこには真希《まき》ちゃんと蘭子《らんこ》ちゃんのニヤニヤした瞳《ひとみ》。

「わあっ……」

びっくりして、椅子《いす》ごとのけぞった。

「小春《こはる》ちゃ～ん、何《なに》を妄想《もうそう》してたのかな～？」

「……っ」

怪《あや》しげな眼差《まなざ》しを向《む》ける真希《まき》ちゃんに、うっと言葉《ことば》が詰《つ》まる。

「小春《こはる》はわかりやすいわね」

蘭子《らんこ》ちゃんにまで言《い》われてしまえば、もう観念《かんねん》するしかない。

肩《かた》をすくめて、へへっと笑《わら》って誤魔化《ごまか》した。

「それはそうと、うちのクラス、永瀬《ながせ》目当《めあ》ての客《きゃく》で激混《げきこ》みだろうねえ」

真希《まき》ちゃんがつぶやいた言葉《ことば》に、蘭子《らんこ》ちゃんは「そうね」と相槌《あいづち》を打《う》ち、私《わたし》は深《ふか》く深《ふか》くうなずいた。

じつは来月行《らいげつおこな》われる文化祭《ぶんかさい》で、うちのクラスは〝執事《しつじ》カフェ〟をやることになったんだ。

朔《さく》くんを筆頭《ひっとう》に、うちのクラスには背《せ》の高《たか》いイケメンたちが集《あつ》まっているとクラス替《が》えした当初《とうしょ》から言《い》われていて。

出《だ》し物《もの》の話《はな》し合《あ》いをした時《とき》、執事《しつじ》カフェができるのはうちのクラスしかないよねって女子《じょし》たちが大盛《おおも》り上《あ》がりしたの。

男子《だんし》たちもまんざらでもなかったので、ほぼ満場一致《まんじょういっち》で決《き》まった。

ただひとり、朔《さく》くんを除《のぞ》いて……。

『はあ……執事《しつじ》って、マジかよ……』

女《おんな》の子《こ》たちに騒《さわ》がれるのが大《だい》の苦手《にがて》な朔《さく》くんは、出《だ》し物《もの》が決《き》まった瞬間《しゅんかん》に頭《あたま》を抱《かか》えてた。

私《わたし》と付《つ》き合《あ》う前《まえ》は、女《おんな》の子嫌《こぎら》いだったほどだもんね。

そんな朔《さく》くんを前《まえ》に言《い》えないけど、私《わたし》は朔《さく》くんの執事姿《しつじすがた》を見《み》るのを密《ひそ》かに楽《たの》しみにしてるんだ。

想像《そうぞう》しただけで、もうドキドキ。

「小春《こはる》！　永瀬《ながせ》とのツーショット撮《と》ってあげるからね！」

「うん、ありがとう！」

だけど朔《さく》くんは嫌《いや》がるだろうなぁ……。

そんなことを考《かんが》えていると、ふいに真希《まき》ちゃんがポケットから何《なに》か取《と》り出《だ》した。

「これ見《み》て！　当日《とうじつ》カフェに来《き》てくれたお客《きゃく》さんに渡《わた》すお土産《みやげ》のサンプルだって」

「キャンディだっけ？」

「わ〜！　ラッピングもかわいいね」

真希《まき》ちゃんが見《み》せてくれたお土産《みやげ》のサンプルに、私《わたし》のテンションはさらに上《あ》がる。

朔《さく》くんには申《もう》し訳《わけ》ないけど、文化祭《ぶんかさい》が楽《たの》しみすぎるよ〜！

朔《さく》くんが執事《しつじ》になります！

それから文化祭《ぶんかさい》の準備《じゅんび》も順調《じゅんちょう》に進《すす》み、執事《しつじ》の衣装《いしょう》も揃《そろ》い、今日《きょう》は男子《だんし》が試着《しちゃく》することになった。

不要《ふよう》になった古着《ふるぎ》のスーツなどを事前《じぜん》に回収《かいしゅう》し、それを真希《まき》ちゃんをリーダーとした衣装係《いしょうがかり》の子《こ》たちが、かっこよくリメイクしてくれたんだ。

ビジューなどの装飾品《そうしょくひん》もつけてキラキラに仕上《しあ》がったって、真希《まき》ちゃんは満足《まんぞく》そうだった。私《わたし》も今《いま》からお披露目《ひろめ》が楽《たの》しみ。

「きゃーっ!!」

「かっこいい～～」

「目《め》が幸《しあわ》せすぎてやばいっ……！」

試着《しちゃく》を済《す》ませて教室《きょうしつ》に入《はい》ってきた男子《だんし》たちに、他《ほか》の作業《さぎょう》をしていた女子《じょし》たちがどよめく。

私《わたし》の目《め》は、迷《まよ》うことなく朔《さく》くんへ一直線《いっちょくせん》。

「かっこいい……」

思《おも》わず感《かん》じたままの言葉《ことば》が口《くち》から飛《と》び出《だ》すと、真希《まき》ちゃんが私《わたし》にそっと耳打《みみう》ち。

「永瀬《ながせ》はいるだけで華《はな》があるから、あえてごちゃごちゃ装飾《そうしょく》をつけずにシンプルに仕上《しあ》げてみたの。どう？　よく似合《にあ》ってるでしょ」

「うんっ！　真希《まき》ちゃんさすがだよ！」

興奮《こうふん》して、息《いき》が荒《あら》くなっちゃう。

「当日《とうじつ》は、髪型《かみがた》もかっこよくするから期待《きたい》しててね！」

そう言《い》ってウインクすると、また男子《だんし》のほうへ戻《もど》っていく。

真希《まき》ちゃんは手先《てさき》が器用《きよう》で、将来《しょうらい》は美容関係《びようかんけい》に進《すす》みたいという目標《もくひょう》を持《も》っているんだけど、すでに芽《め》が出《で》ていてすごい！

みんな、スマホを構《かま》えてバンバン写真《しゃしん》を撮《と》りまくっている。

一番人気《いちばんにんき》は当然《とうぜん》、朔《さく》くん。私《わたし》も撮《と》りたいけど……。

彼女《かのじょ》だってことは、付《つ》き合《あ》った直後《ちょくご》に朔《さく》くんが公開宣言《こうかいせんげん》しちゃったせいで、みんなにもバレてる。

だからこそこういう時《とき》、ああいう輪《わ》に入《はい》りにくくて……。

そのうち、騒《さわ》ぎを聞《き》きつけたよそのクラスからも人《ひと》が集《あつ》まってきてしまった。

あはは。すごいな……。

「これは当日大変《とうじつたいへん》なことになりそうね」

隣《となり》で感心《かんしん》したような声《こえ》を上《あ》げる蘭子《らんこ》ちゃん。

「うん。絶対《ぜったい》に忙《いそが》しいよね……」

その光景《こうけい》を見《み》つめる私《わたし》たちは、なんだか他人事《ひとごと》みたいで笑《わら》えちゃう。

今日《きょう》は写真《しゃしん》は諦《あきら》めよう。

ほとんどの男子《だんし》が決《き》めポーズを作《つく》っている中《なか》、居心地悪《いごこちわる》そうに真顔《まがお》で突《つ》っ立《た》っている朔《さく》くんを見《み》ながら、その光景《こうけい》を目《め》にしっかり焼《や》きつけた。


「おいしそ～。小春《こはる》ちゃんは本当《ほんとう》に料理《りょうり》が上手《じょうず》ねっ」

「そんなことないです。香織《かおり》さんの教《おし》え方《かた》がいいんですよ！　私《わたし》は香織《かおり》さんのこと師匠《ししょう》だと思《おも》ってるんで」

夕飯《ゆうはん》の時間《じかん》。

ダイニングテーブルに並《なら》べたのは、ロールキャベツ。

いつもはコンソメ味《あじ》だけど、今日《きょう》はスープをトマト仕立《じた》てにしてみたんだ。

私《わたし》はお客《きゃく》さんじゃないから家事《かじ》も率先《そっせん》して手伝《てつだ》わせてもらっていて、夕飯《ゆうはん》の支度《したく》も香《か》織《おり》さんと交互《こうご》にやっている。

もともと料理《りょうり》をするのは好《す》きだったけど、ここへ来《き》てからお料理《りょうり》の腕《うで》がぐんと上《あ》がったかも。それは、香織《かおり》さんと一緒《いっしょ》にお料理《りょうり》をするのが楽《たの》しいのと……朔《さく》くんのためにおいしい料理《りょうり》を作《つく》ってあげたいという思《おも》いから。

「まあ、小春《こはる》ちゃんったら！」

ポン、と指先《ゆびさき》で私《わたし》の肩《かた》を叩《たた》くご機嫌《きげん》な香織《かおり》さん。

「……単純《たんじゅん》だな」

「こら朔《さく》っ！　人《ひと》からのお褒《ほ》めの言葉《ことば》は素直《すなお》に受《う》け取《と》るものなの。そんなんじゃひねくれた人間《にんげん》になっちゃうわよ」

今度《こんど》はパシンと音《おと》が出《で》るほどの強《つよ》さで、朔《さく》くんの肩《かた》をはたいた。

「いってえなあ。乱暴者《らんぼうもの》。社交辞令《しゃこうじれい》を真《ま》に受《う》けるなよ」

「ひどいっ！　小春《こはる》ちゃんは社交辞令《しゃこうじれい》なんて言《い》わないわよー、ねえ？」

ふふふ。この親子《おやこ》、見《み》てのとおりとっても仲《なか》よしなんだ。

こんなふうに言《い》い合《あ》えるのって、仲《なか》がいい証拠《しょうこ》だよね？

学校《がっこう》での朔《さく》くんからは想像《そうぞう》できない。

だけど、こんな香織《かおり》さんの元《もと》で育《そだ》った朔《さく》くんだから、根《ね》が優《やさ》しいんだろうな。

「それはそうと、文化祭《ぶんかさい》の出《だ》し物《もの》は何《なに》に決《き》まったの？　まだ聞《き》いてなかったわよね」

ご飯《はん》をほおばりながらうきうきと尋《たず》ねてきた香織《かおり》さんに、私《わたし》も同《おな》じテンションで返《かえ》す。

「執事《しつじ》カフェですっ！」

「ええっ？　執事《しつじ》？　執事《しつじ》ってあの、お嬢様《じょうさま》とかお姫様扱《ひめさまあつか》いをしてくれる？」

「そうですそうです！　男子《だんし》が執事《しつじ》に扮《ふん》して、お客様《きゃくさま》をお姫様扱《ひめさまあつか》いしてくれるんです。

もちろん男性《だんせい》もいいんですよ。男性《だんせい》は王子様扱《おうじさまあつか》いするので！」

女子限定《じょしげんてい》にするわけにはいかないし、男性《だんせい》に王子様気分《おうじさまきぶん》を味《あじ》わってもらうのも面白《おもしろ》いよねってことで。

「へえ～、じゃあ朔《さく》も執事《しつじ》になるのよね。面白《おもしろ》そう！　ぜひ行《い》かせてもらうわっ」

「来《こ》なくていいし」

すかさず抑揚《よくよう》のない声《こえ》でぼそっと返《かえ》す朔《さく》くん。

あっ。私《わたし》、もしかしてまずいこと言《い》っちゃったかな。

ひやひやしながら見守《みまも》っていると、香織《かおり》さんが口《くち》をとがらせる。

「そんな言《い》い方《かた》ないでしょ！　せっかく行《い》くって言《い》ってるんだから。ちゃんと接客《せっきゃく》しなさいよね」

「……チッ」

うわあ……。機嫌《きげん》が悪《わる》くなっていく朔《さく》くんを見《み》て、完全《かんぜん》にやってしまったと反省《はんせい》。

朔《さく》くんは、あえて香織《かおり》さんに言《い》ってなかったのかもしれない。

ふいに玄関《げんかん》のチャイムが鳴《な》り、香織《かおり》さんがパタパタと玄関《げんかん》に向《む》かって走《はし》っていく。

来客《らいきゃく》はお隣《となり》の奥《おく》さんだったようで、話《はなし》が弾《はず》みはじめる。……これは長《なが》くなりそうだな。

「朔《さく》くん……」

今《いま》だ、と私《わたし》は箸《はし》をおいて、おずおずと口《くち》を開《ひら》いた。

「ん？」

「その……ごめんね？　執事《しつじ》カフェのこと言《い》っちゃって……」

「別《べつ》にいいよ。どうせ当日来《とうじつく》ればわかることだし」

「それは……そうだけど……」

朔《さく》くんは、言葉《ことば》どおり問題《もんだい》ないって感《かん》じでロールキャベツを淡々《たんたん》と口《くち》へ運《はこ》んでいく。そんな姿《すがた》はいつもと変《か》わりないし、大丈夫《だいじょうぶ》かな？

「これ、うまいな。いつものもいいけど、これも好《す》き」

「えっ、ほんとっ⁉」

トマト仕立《じた》てのロールキャベツ、気《き》に入《い》ってくれてよかった……。

げんきんな私《わたし》は、朔《さく》くんの一言《ひとこと》で気分《きぶん》が上《あ》がった。

しかも、あっという間《ま》に完食《かんしょく》してくれたし。

だけど……文化祭《ぶんかさい》が近《ちか》づくにつれて、朔《さく》く

んの機嫌《きげん》は悪《わる》くなっているように感《かん》じた。

この間《あいだ》も執事服《しつじふく》を着《き》てブスッとしていたし、やっぱり朔《さく》くん、文化祭《ぶんかさい》は楽《たの》しみじゃないのかな。せっかくだから、朔《さく》くんにも楽《たの》しんでほしいのに……。

私《わたし》と話《はな》している時《とき》はいつもの朔《さく》くんだけど、なんだか不安《ふあん》で仕方《しかた》なかった。


いよいよ明日《あした》は文化祭《ぶんかさい》。

私《わたし》も朔《さく》くんも、クラスの当番《とうばん》は前半《ぜんはん》。そのあとは一緒《いっしょ》に校内《こうない》を回《まわ》ろうねって話《はなし》をしている。

去年《きょねん》の文化祭《ぶんかさい》でも、カップルで回《まわ》っている先輩《せんぱい》たちの姿《すがた》を見《み》かけて、憧《あこが》れだったたからうれしい。けど……。

すごく楽《たの》しみにしている私《わたし》に比《くら》べて、朔《さく》くんはやっぱり乗《の》り気《き》じゃないみたい。

この温度差《おんどさ》が、なんだかすごく気《き》になるんだ……。

お風呂《ふろ》を終《お》え、私《わたし》は部屋《へや》のベッドに腰《こし》かけてスマホのカメラロールを遡《さかのぼ》っていた。

「ふふっ、かわいい」

普段《ふだん》クールな朔《さく》くんの、いろいろな表情《ひょうじょう》がこのスマホの中《なか》には詰《つ》まっている。

写真《しゃしん》を撮《と》られるのはあまり好《す》きじゃないみたいだけど、お願《ねが》いすれば嫌《いや》な顔《かお》せずに一緒《いっしょ》に撮《と》ってくれる。

付《つ》き合《あ》ってまだ間《ま》もないから、そんなに数《かず》は多《おお》くないけれど。

私《わたし》の横《よこ》で笑顔《えがお》を作《つく》ってくれている朔《さく》くん。……明日《あした》も、こんなふうに撮《と》れたらいいな。

年《ねん》に一度《いちど》の文化祭《ぶんかさい》。せっかくなら、楽《たの》しい時間《じかん》を過《す》ごしたい。

「よしっ！」

私《わたし》は心《こころ》を決《き》めて、立《た》ち上《あ》がった。

向《む》かうは隣《となり》の朔《さく》くんの部屋《へや》。

「はい」

ノックすると、短《みじか》く聞《き》こえた朔《さく》くんの声《こえ》。私《わたし》はドキドキしながらゆっくりドアを開《あ》けて「ちょっといい？」と声《こえ》をかけた。

「小春《こはる》？」

驚《おどろ》いたような朔《さく》くんの顔《かお》。付《つ》き合《あ》っていてひとつ屋根《やね》の下《した》で暮《く》らしているからって、四六時中一緒《しろくじちゅういっしょ》にいるわけじゃなくて。

むしろ家《いえ》の中《なか》では、お互《たが》い何《なに》をしているかよくわかってない。

香織《かおり》さんには付《つ》き合《あ》っていることはナイショだし、食事《しょくじ》の時《とき》でさえ、バレるんじゃないかひやひやしているくらい。

「ごめんね、少《すこ》し話《はなし》がしたくて。いいかな」

「もちろん」

読《よ》んでいた漫画《まんが》をベッドにおいて、私《わたし》に視線《しせん》を向《む》けてくれる朔《さく》くん。

私《わたし》はゆっくり中《なか》に入《はい》り、カーペットの上《うえ》に座《すわ》った。

そして、ベッドに腰《こし》かける朔《さく》くんを見上《みあ》げて言《い》う。

「朔《さく》くん、本当《ほんとう》は文化祭楽《ぶんかさいたの》しみじゃないでしょ」

「え、なんで？」

朔《さく》くんは、本音《ほんね》を言《い》い当《あ》てられた子《こ》どもみたいに顔《かお》をひきつらせた。

「だって……朔《さく》くん見《み》てればわかるもん」

あははと苦笑《にがわら》いする朔《さく》くんは、観念《かんねん》したようにつぶやいた。

「正直言《しょうじきい》うと、な……。小春《こはる》と回《まわ》るのは楽《たの》しみだけど係仕事《かかりしごと》が。接客《せっきゃく》とか苦手《にがて》だし、そもそも、あの衣装《いしょう》を着《き》るのがハズくてテンション上《あ》がんない」

「なんで⁉」

「なんでって……あんなの似合《にあ》ってないだろ」

「そんなことない！　だってものすごくかっ……」

そこまで言《い》って、ハッと我《われ》に返《かえ》り声《こえ》を絞《しぼ》る。

私今《わたしいま》、かっこいいって言《い》おうとした⁉　本人《ほんにん》を目《め》の前《まえ》に何《なに》をさらっと……！

「何《なに》？」

「な、なんでもない」

ふいっと顔《かお》をそらしたら、朔《さく》くんの手《て》が頬《ほお》に添《そ》えられた。

わわわっ。

「何《なに》」

じっ……と獲物《えもの》を捕《と》らえたような目《め》。整《ととの》いすぎた顔《かお》の破壊力《はかいりょく》ったら……！

これは意地《いじ》でもかっこいいって言《い》わせる気《き》だ！

イジワルモードが発動《はつどう》されたら、絶対《ぜったい》に逃《に》げられないのを知《し》っている。

「ほら、ちゃんと言《い》ってみて？」

私《わたし》の腕《うで》を軽《かる》くつかみ、目《め》をそらすことすら許《ゆる》されない。

「えと、その……」

本人《ほんにん》を前《まえ》にかっこいいって言《い》うのが、こんなに恥《は》ずかしいとは……！

いつも朔《さく》くんに向《む》けて歓声《かんせい》を上《あ》げている女《おんな》の子《こ》たちって、すごいんだな……。

「……かっこ、い……から」

「ん？　よく聞《き》こえない」

「……っ。さ、朔《さく》くんがかっこいいから……！」

最後《さいご》はもう勢《いきお》いだった。

ぎゅっと目《め》をつぶって、恥《は》ずかしさを誤魔化《ごまか》すために叫《さけ》ぶように言《い》う。

目《め》を開《あ》けるとそこには、満足《まんぞく》そうに笑《え》みを浮《う》かべている朔《さく》くん。

ふわぁ〜〜。言《い》っちゃった言《い》っちゃった。

両手《りょうて》で顔《かお》を覆《おお》えば、すぐにその手《て》は朔《さく》くんによってあっさり退《の》けられてしまう。

目《め》の前《まえ》には、整《ととの》いすぎた朔《さく》くんの顔《かお》が映《うつ》り込《こ》み、また逃《に》げたくなる。

けど、しっかり両手《りょうて》をつかまれているからどこにも逃《に》げられるわけもなく。

「小春《こはる》、顔真《かおま》っ赤《か》」

「だ、だってぇ……」

「かわいい」

うわぁ〜。絶対《ぜったい》からかわれてる……！

たじたじな私《わたし》の腕《うで》をそのままグッと引《ひ》き寄《よ》せ、私《わたし》の体《からだ》は朔《さく》くんの胸《むね》にすっぽり包《つつ》まれた。

どくんどくん……。

イジワルな声《こえ》とは裏腹《うらはら》に、温《あたた》かな胸《むね》。朔《さく》くんの優《やさ》しさを体中《からだじゅう》で感《かん》じられる瞬間《しゅんかん》。

「……朔《さく》くんの執事姿《しつじすがた》、すっごくかっこよかったよ」

今度《こんど》は素直《すなお》に伝《つた》えることができた。朔《さく》くんに包《つつ》まれている安心感《あんしんかん》のせいかな？

「サンキュ……」

おでこをこつんと小突《こづ》かれたあと、ふいに

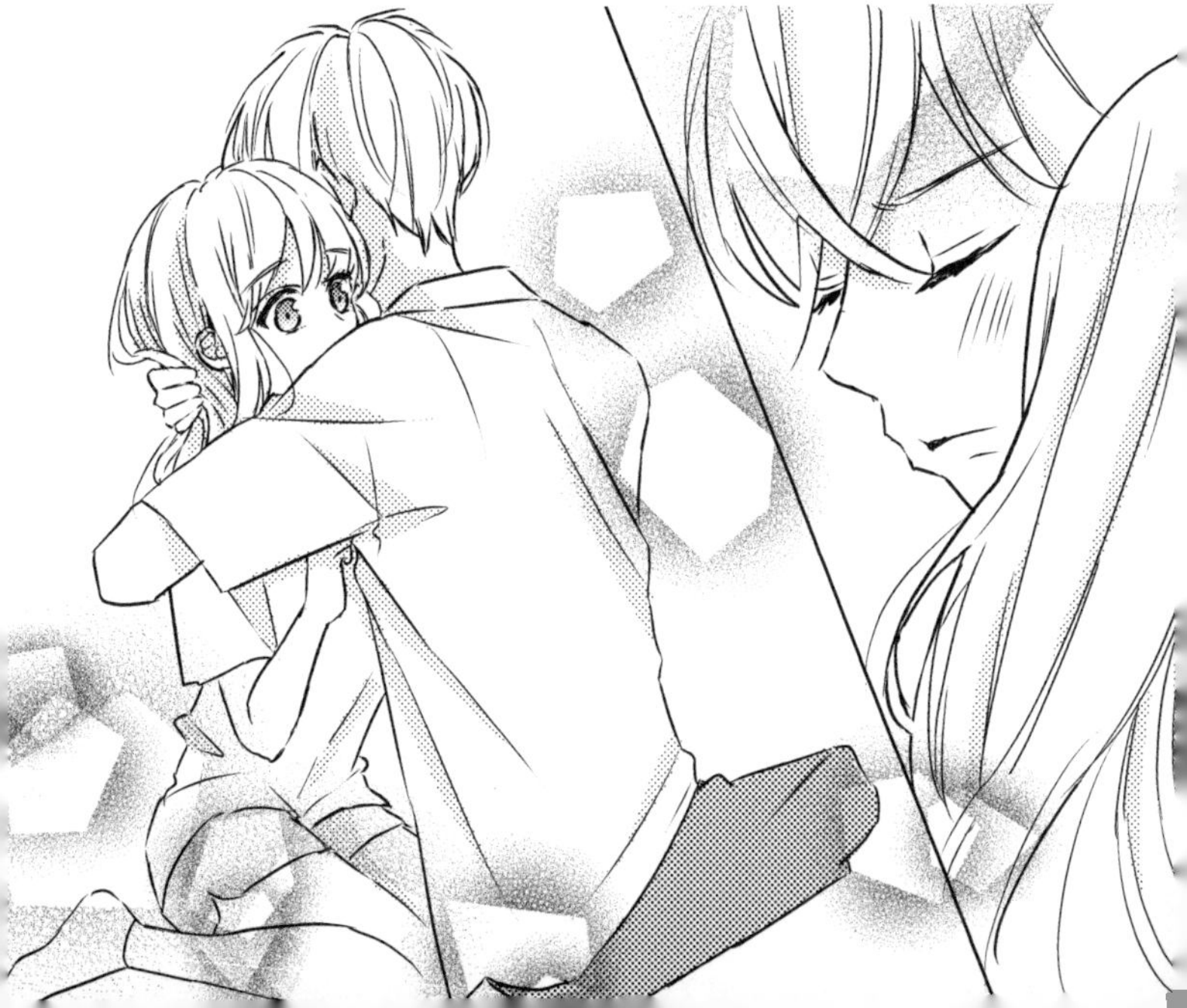

真面目《まじめ》な顔《かお》になって。

「ちょっと不安《ふあん》だった」

「え？」

「俺《おれ》の執事姿《しつじすがた》、小春《こはる》はどう思《おも》ってんのかなって。だって、この間《あいだ》も遠巻《とおま》きに見《み》てるだけで来《き》てくれなかっただろ？」

「それはっ、みんなの勢《いきお》いがすごくて近寄《ちかよ》れなくて……」

正直《しょうじき》に告《つ》げると、朔《さく》くんはきゅっと口角《こうかく》を上《あ》げた。

「小春《こはる》は俺《おれ》の彼女《かのじょ》だろ？」

私《わたし》はこくん、とうなずく。

「俺《おれ》は小春《こはる》に一番《いちばん》見《み》てほしーの。誰《だれ》かにかっこいいって言《い》われても意味《いみ》ない」

朔《さく》くんの言葉《ことば》が胸《むね》に響《ひび》く。彼女《かのじょ》として、とてもうれしい言葉《ことば》。

「……うん。私《わたし》も、朔《さく》くんしか見《み》てないから……」

言《い》っててすごく恥《は》ずかしかったけど、本当《ほんとう》のことだもん。

「小春《こはる》がそう言《い》ってくれるなら、頑張《がんば》る。明日《あした》、楽《たの》しもうな」

満足《まんぞく》そうに言《い》う朔《さく》くんには、いつもの笑顔《えがお》が戻《もど》ってきた。

「うんっ！」


朝《あさ》から校舎内《こうしゃない》はどこのクラスも活気《かっき》づいていた。

執事《しつじ》カフェで提供《ていきょう》するメインスイーツは、パンケーキ。ホットケーキの粉《こな》で作《つく》る簡単《かんたん》なものだけど。もちろん、ドリンクだけでもＯＫ《オーケー》。

教室《きょうしつ》の半分《はんぶん》が調理場《ちょうりば》、半分《はんぶん》が接客《せっきゃく》スペースになっている。

私《わたし》はエプロンをつけ、ホットケーキの粉《こな》を量《はか》っていると、

「きゃあああ〜〜」

女子《じょし》の歓声《かんせい》が聞《き》こえて顔《かお》を上《あ》げれば、前半《ぜんはん》の執事担当《しつじたんとう》の男子《だんし》たちが用意《ようい》を整《ととの》えてやってきたところで。

「あっ……」

「小春《こはる》ちゃん粉《こな》！」

「えっ、ひゃあ〜〜ごめんっ！」

思《おも》いっきり粉《こな》をボウルの外《そと》にこぼしちゃったんだ。

だってだって……！

朔《さく》くんが、それはもう語彙力《ごいりょく》を失《うしな》うほどかっこよかったから。髪《かみ》の毛《け》はワックスでびしっとセットされていて、いつもとずいぶん雰囲気《ふんいき》が違《ちが》う。

「ほら、小春《こはる》も行《い》きなさいよ。ここはいいから」

「ありがとう、蘭子《らんこ》ちゃん」

蘭子《らんこ》ちゃんの言葉《ことば》に甘《あま》え、私《わたし》はエプロンを外《はず》して朔《さく》くんに近寄《ちかよ》った。

まわりには今日《きょう》もたくさんの女《おんな》の子《こ》がいるけど、私《わたし》に気《き》づいた朔《さく》くんが、その波《なみ》をかき分《わ》けてやってきてくれた。

「どう？」

わわわっ。あまりのかっこよさに直視《ちょくし》できない！　もじもじする私《わたし》を朔《さく》くんが笑《わら》う。

「なんで小春《こはる》が真《ま》っ赤《か》になってんの」

「だ、だって……朔《さく》くん、すっごいかっこよくて……」

「ははっ、それはよかった」

朔《さく》くんも照《て》れたように言《い》うと、ポケットからスマホを取《と》り出《だ》した。

「一緒《いっしょ》に写真撮《しゃしんと》ろうぜ」

「うんっ！」

まさか朔《さく》くんのほうからそう言《い》ってくれるとは思《おも》わなくて、胸《むね》が高鳴《たかな》る。

「行《い》くよ」

自撮《じど》り？　私《わたし》の隣《となり》に並《なら》んでスマホを掲《かか》げる朔《さく》くん。

「う、うんっ……」

くっつきすぎじゃないかな……ここ、教室《きょうしつ》なんだけど。

案《あん》の定《じょう》、教室内《きょうしつない》からは歓声《かんせい》が上《あ》がり「いいな～」なんて声《こえ》も聞《き》こえてくる。

「もっと笑《わら》えって」

えっ、そんな余裕《よゆう》ないよ……！　パニックでますますカチコチになっちゃう。

「ほーら」

すると、ほっぺをぷにっとつままれた。隣《となり》にはとびきりの笑顔《えがお》の朔《さく》くん。

そうだ……私《わたし》、朔《さく》くんの彼女《かのじょ》なんだもんね。もっと自信《じしん》もっていいんだよね。

そう思《おも》えたら、自然《しぜん》に笑顔《えがお》が作《つく》れた。

「はいはい～、おふたりさん、今度《こんど》は全身撮《ぜんしんと》ってあげるから貸《か》してー」

どこからか現《あらわ》れた真希《まき》ちゃんが朔《さく》くんのスマホを奪《うば》い取《と》り、今度《こんど》は全身撮影《ぜんしんさつえい》。

「ほら、撮影禁止《さつえいきんし》」

この姿《すがた》を撮《と》ろうとしている他《ほか》の子《こ》には、朔《さく》くんがそんなふうに言《い》ってくれたりもして。

お店《みせ》が開店《かいてん》する前《まえ》から教室内《きょうしつない》はすごくいい雰囲気《ふんいき》だった。

九時《くじ》になり、文化祭《ぶんかさい》スタート。

うちのクラスは予想《よそう》をはるかに超《こ》える盛況《せいきょう》ぶりで、最後尾《さいこうび》のプラカードを急遽《きゅうきょ》作《つく》って対応《たいおう》するほど。

朔《さく》くんは一生懸命接客《いっしょうけんめいせっきゃく》をしていたけど、ふと気《き》づくと、

「いらっしゃいませお姫様《ひめさま》――」

なんて、笑《わら》っちゃうくらい棒読《ぼうよ》みになってるの。

そんな接客《せっきゃく》でも、女子《じょし》は大興奮《だいこうふん》。

「朔《さく》くん、めっちゃかっこいい！」

「こんなお店《みせ》がほんとにあったら毎日通《まいにちかよ》っちゃうよね～」

昔《むかし》ほど女子《じょし》に塩対応《しおたいおう》じゃなくなった朔《さく》くんに積極的《せっきょくてき》に絡《から》み、ここぞとばかりに距離《きょり》を詰《つ》めていた。なかには、腕《うで》に手《て》を絡《から》めている子《こ》まで……！

うーん。なんだかもやもやするなあ。これって、もしかして嫉妬《しっと》……!?

自分《じぶん》にもこんな欲張《よくば》りな感情《かんじょう》があったんだと驚《おどろ》き、やっぱりそれくらい朔《さく》くんのことが好《す》きなんだなって改《あらた》めて思《おも》う。

だけどダメダメっ！

これはお仕事《しごと》なんだし、こんな感情《かんじょう》を持《も》ったと朔《さく》くんに知《し》られたら、心《こころ》の狭《せま》いやつって思《おも》われちゃう。気持《きも》ちを切《き》り替《か》えて、私《わたし》は自分《じぶん》の持《も》ち場《ば》へ戻《もど》った。

それからどのくらいたったのだろう――。

「小春《こはる》、そろそろ交代《こうたい》の時間《じかん》よ」

「え、もうそんな時間《じかん》？」

後半《こうはん》の当番《とうばん》である蘭子《らんこ》ちゃんがやってきてびっくり。そして時計《とけい》を見《み》てさらにびっくり。

体感《たいかん》ではまだ一時間《いちじかん》くらいだったのに、もうすぐ三時間《さんじかん》がたとうとしていた。

バタバタと忙《いそが》しくしていたせいで、時間《じかん》の感覚《かんかく》がまったくなかったよ……。

「このあとは永瀬《ながせ》とラブラブタイムでしょ、ふふっ」

真希《まき》ちゃんに肘《ひじ》で突《つつ》かれて、胸《むね》の中《なか》がぶわっと一気《いっき》に熱《あつ》くなる。

『小春《こはる》は永瀬《ながせ》と回《まわ》るんだからうちらと同《おな》じ時間帯《じかんたい》じゃなくてもいいよね』ってことで、

ふたりは午前中《ごぜんちゅう》に文化祭《ぶんかさい》を回《まわ》り、午後《ごご》が当番《とうばん》なのだ。

「三年一組《さんねんいちくみ》のお化《ば》け屋敷《やしき》、めっちゃ怖《こわ》かったの。だから行《い》ったほうがいいよ」

「ええっ、だったら避《さ》けるべきなんじゃ……」

私怖《わたしこわ》いの苦手《にがて》だし。

「なーに言《い》ってるのよ～。カップルにお化《ば》け屋敷《やしき》は定番《ていばん》でしょ。キャ――ってね」

私《わたし》の腕《うで》を取《と》ってぴったりくっつく真希《まき》ちゃんに、私《わたし》と蘭子《らんこ》ちゃんは苦笑《にがわら》い。

そ、そういうことか……。

他《ほか》にもおいしい模擬店《もぎてん》の情報《じょうほう》などを教《おし》えてもらって、このあと朔《さく》くんと回《まわ》る文化祭《ぶんかさい》がますます楽《たの》しみになってきた！

朔《さく》くんは……というと。

「永瀬《ながせ》くん指名《しめい》しまーす！」

次《つぎ》から次《つぎ》へとやってくるお客《きゃく》さんの接客《せっきゃく》を続《つづ》けていた。

「一緒《いっしょ》に写真撮《しゃしんと》ろうよー」

売《う》りのひとつに、イケメン執事《しつじ》と写真《しゃしん》も撮《と》れます！って触《ふ》れ込《こ》みをしているせいか、朔《さく》くんの指名《しめい》はひっきりなし。

普段《ふだん》、朔《さく》くんと一緒《いっしょ》に写真《しゃしん》を撮《と》りたくても撮《と》れないもんね。こっそり隠《かく》し撮《ど》りをしているって話《はなし》も聞《き》くけど、今日《きょう》は堂々《どうどう》と一緒《いっしょ》に撮《と》れるんだから。

これじゃあ、なかなか休憩《きゅうけい》に入《はい》れなそうだなあ。

【私《わたし》、先《さき》に見《み》て回《まわ》ってるから、休憩入《きゅうけいはい》れたら連絡《れんらく》してね】

朔《さく》くんにそうメッセージを送《おく》って、私《わたし》はひとりで教室《きょうしつ》を出《で》た。

俺《おれ》だけの姫《ひめ》【side 朔《さく》】

文化祭《ぶんかさい》の出《だ》し物《もの》が〝執事《しつじ》カフェ〟に決《き》まった時《とき》、正直《しょうじき》〝終《お》わった〟と思《おも》った。

裏方《うらかた》を希望《きぼう》したけど、『却下《きゃっか》』と聞《き》いてすらもらえなかった。でも、小春《こはる》が喜《よろこ》んでくれるなら、今日《きょう》くらい頑張《がんば》ろうと思《おも》っていたけれど……。

「永瀬《ながせ》くーん」

「こっちにも来《き》て〜」

そんな決意《けつい》も、五分《ごふん》でニブった……。

小春《こはる》と付《つ》き合《あ》ってからは女子《じょし》への態度《たいど》を改《あらた》めたけど、だからって女子嫌《じょしぎら》いが根本的《こんぽんてき》に治《なお》ったわけではない。これじゃあ、女子嫌《じょしぎら》いが再熱《さいねつ》しそうだ……。

「朔《さく》〜、来《き》たわよ〜」

しかも予告《よこく》どおり母親《ははおや》も来《き》て、その隣《となり》には俺《おれ》の天敵《てんてき》である姉貴《あねき》まで。

「残念《ざんねん》、女装《じょそう》してメイド役《やく》じゃなかったのね」

昔《むかし》、俺《おれ》を女装《じょそう》させて楽《たの》しんでいた姉貴《あねき》は、相変《あいか》わらずで呆《あき》れる……。

「さっさと注文《ちゅうもん》して」

「あら、何《なに》そのぶっきらぼうな態度《たいど》、そんな執事《しつじ》カフェ聞《き》いたことないわよ。お姫様《ひめさま》扱《あつか》いしなさいよ」

「手厚《てあつ》い接客《せっきゃく》をお望《のぞ》みなら他《ほか》へどうぞ」

わざと腰《こし》を曲《ま》げて隣《となり》のテーブルを指《さ》す。

他《ほか》のやつらはしっかり執事《しつじ》になりきっているから感心《かんしん》してしまう。

嫌々《いやいや》やっている俺《おれ》とは大違《おおちが》いだ。

変身願望《へんしんがんぼう》っていうの？　普段《ふだん》なれない自分《じぶん》になることで、いつもより解放的《かいほうてき》になっている気《き》がする。俺《おれ》はそういうの、無理《むり》。

「永瀬《ながせ》くんの、お母様《かあさま》とお姉様《ねえさま》ですか～？」

「わ～！　おキレイ!!」

居合《いあ》わせた客《きゃく》たちからもてはやされて、上機嫌《じょうきげん》になってるし……。

「それ飲《の》んだらもう出《で》てって。混《こ》んでるから早《はや》くさばきたいし」

俺《おれ》は時計《とけい》ばっかり見《み》ていた。早《はや》く終《お》わんねえかなって。

あと数十分《すうじっぷん》我慢《がまん》すれば、小春《こはる》と文化祭《ぶんかさい》を楽《たの》しむだけだ。

ちょうど昼《ひる》だし模擬店《もぎてん》で何《なに》か食《た》べて、ゆっくり回《まわ》れたらいいと思《おも》っていた。……のに。

「朔《さく》っ！　客《きゃく》が切《き》れないから延長頼《えんちょうたの》む！」

いざ終了時間《しゅうりょうじかん》になったら、受付係《うけつけがかり》がとんでもないことを言《い》ってきた。

「は？　後半《こうはん》のやつがいるだろ」

「そこをなんとか！　朔目当《さくめあ》ての客《きゃく》が多《おお》すぎるんだよ。三十分《さんじっぷん》、いや十五分《じゅうごふん》！」

結局《けっきょく》、強引《ごういん》に押《お》しきられてしまった。

気《き》づけば四十分《よんじっぷん》も経過《けいか》してしまい、教室内《きょうしつない》に小春《こはる》がいないことに気《き》づく。

てっきり、俺《おれ》を待《ま》ってまだその辺《へん》にいると思《おも》っていたのに……。

「なあ、小春《こはる》は？」

調理係《ちょうりがかり》の金子《かねこ》に尋《たず》ねれば、

「小春《こはる》なら、永瀬《ながせ》の仕事《しごと》が終《お》わるまでひとりで回《まわ》ってるらしいよ。聞《き》いてないの？」

スマホを見《み》ると、小春《こはる》からそんな内容《ないよう》のメッセージが入《はい》っていた。

ありえないだろ……。今《いま》ごろひとりでどこにいるんだよ。

スマホを見《み》なかった自分《じぶん》を殴《なぐ》りたい。くそっ……。

「もう終《お》わりだ！　俺《おれ》はちゃんと自分《じぶん》の仕事《しごと》を全《まっと》うしたんだからいいだろ」

「え、待《ま》てよ。もうちょっとだけ……！」

また止《と》めようとする受付係《うけつけがかり》をキッと睨《にら》む。

「いい加減《かげん》にしろよ。俺《おれ》には行《い》くところがあるんだよっ……」

俺《おれ》は執事《しつじ》の仮面《かめん》をはぎ取《と》り、そのまま教室《きょうしつ》を飛《と》び出《だ》した。

「わーお、本当《ほんとう》のお姫様《ひめさま》のところに行《い》くのねっ」

金子《かねこ》がニヤニヤしながら、そんなことを言《い》っていたとも知《し》らず……。

私《わたし》だけの王子様《おうじさま》

そのころ私《わたし》は……。

ひととおり校内《こうない》を回《まわ》り終《お》えて、外《そと》に出《で》ることにした。

グラウンドには陽気《ようき》な音楽《おんがく》が流《なが》れ、いい匂《にお》いが充満《じゅうまん》してる。

ここでは模擬店《もぎてん》を出《だ》しているクラスが多《おお》く、いくつものテントが軒《のき》を連《つら》ねていた。

焼《や》きそばにベビーカステラにフランクフルト、タピオカのドリンクまで。

ちょうどお昼《ひる》どきということもあって、グラウンドに設置《せっち》されたテーブル席《せき》はかなり埋《う》まっていた。

来年《らいねん》はこういう模擬店《もぎてん》をやってみるのも楽《たの》しそう！

みんなの笑顔《えがお》を見《み》ながら私《わたし》も自然《しぜん》と笑顔《えがお》になって、早《はや》くも来年《らいねん》の自分《じぶん》を想像《そうぞう》する。

ぐう――と、おなかが鳴《な》っちゃって、慌《あわ》てて自分《じぶん》のおなかに手《て》を添《そ》えた。

「あぁ……おなかすいたぁ」

朝《あさ》から一生懸命《いっしょうけんめい》働《はたら》いたせいか、いつものお昼《ひる》よりおなかはペコペコ。この匂《にお》いも食欲《しょくよく》をそそるし。

「まだ終《お》われないのかな……」

スマホを確認《かくにん》したけど、朔《さく》くんからの連絡《れんらく》はまだない。

あの様子《ようす》じゃ、まだまだ休憩《きゅうけい》に入《はい》れないかもなあ……。

ふと目《め》に飛《と》び込《こ》んできたのは、ひと組《くみ》のカップル。

「あー、ユウくん飲《の》みすぎ～」

「ごめんごめん、ほら、あーん」

ひとつのタピオカドリンクをシェアし合《あ》いながら、手《て》を繋《つな》いで楽《たの》しそうに焼《や》きそばの列《れつ》に並《なら》んでいた。

いいなあ。本当《ほんとう》なら、私《わたし》も今《いま》ごろ朔《さく》くんと焼《や》きそばを食《た》べていたかもしれないのに。

なんだか、だんだん寂《さび》しくなってきちゃった。

これなら、やっぱり真希《まき》ちゃんたちと回《まわ》るように計画《けいかく》していたほうがよかったかな？

笑顔《えがお》の人《ひと》たちを見《み》ると、胸《むね》がチクチク痛《いた》くなってくる。

ここにいるのはなんだか場違《ばちが》いな気《き》がして、やっぱり校内《こうない》に戻《もど》ろうとした時《とき》。

「小春《こはる》!!」

BGM《ビージーエム》をもかき消すような声《こえ》が響《ひび》いた。

えっ……。振《ふ》り返《かえ》った先《さき》には。

……目《め》を見張《みは》るような王子様《おうじさま》がいた。

それは、朔《さく》くん。

「……なんで？」

グラウンドは、突然現《とつぜんあらわ》れた朔《さく》くんに騒然《そうぜん》とする。

私《わたし》もその中《なか》のひとりで面食《めんく》らっていると、突然体《とつぜんからだ》が宙《ちゅう》に浮《う》いた。

「ひゃっ……」

朔《さく》くんの顔《かお》がグッと近《ちか》づいた。そして気《き》づく。お姫様抱《ひめさまだ》っこされてることに……！

こ、こんな校庭《こうてい》のど真《ま》ん中《なか》で……！

突然《とつぜん》のことに驚《おどろ》きすぎて思《おも》わず足《あし》をバタバタさせちゃう。

焦《あせ》る私《わたし》とは対照的《たいしょうてき》に涼《すず》しい顔《かお》の朔《さく》くんは、私《わたし》を軽々《かるがる》と抱《だ》き上《あ》げたまま一直線《いっちょくせん》へどこかへ向《む》かう。

「さ、朔《さく》くん……っ？　どこに行《い》くの？」

問《と》いかけても、口《くち》を真一文字《まいちもんじ》に結《むす》んだまま教《おし》えてくれずに歩《ある》き続《つづ》ける朔《さく》くん。

やがてまわりの雑音《ざつおん》が消《き》え、静《しず》かな教室《きょうしつ》に入《はい》っていった。

どうやらここは、今日《きょう》は荷物置《にもつお》き場《ば》としてのみ使《つか》われている教室《きょうしつ》らしい。

朔《さく》くんは、椅子《いす》に私《わたし》をゆっくりおろした。胸《むね》が、すごい速《はや》さでリズムを刻《きざ》んでる。

すると朔《さく》くんは、私《わたし》の前《まえ》でひざまずいたかと思《おも》ったら、手《て》を差《さ》し伸《の》べて言《い》った。

「迎《むか》えに来《き》ました、お姫様《ひめさま》」

「……っ」

鼓動《こどう》は最高潮《さいこうちょう》。

「着替《きが》えちゃったけどな」

朔《さく》くんはそうつけ加《くわ》えたけど、制服《せいふく》だって十分《じゅうぶん》。

これ以上《いじょう》ドキドキしたら私《わたし》、倒《たお》れちゃうかもしれない……！

「一緒《いっしょ》に文化祭楽《ぶんかさいたの》しもうって言《い》ったのに、ひとりにさせてごめん」

……朔《さく》くん。

朔《さく》くんの、こういう優《やさ》しいところが大好《だいす》き。きっと、途中《とちゅう》で仕事《しごと》をなげうって私《わたし》のところへ来《き》てくれたんだろうと想像《そうぞう》できた。

「俺《おれ》の姫《ひめ》は、小春《こはる》だけだから」

朔《さく》くんが近《ちか》づいてきて、ほっぺに〝ちゅ〟ってされた。

まさかの不意《ふい》打《う》ちのキスに、心臓《しんぞう》はもうはちきれそう……！

「ううぅっ……」

うれしくって恥《は》ずかしくって。私《わたし》は顔《かお》を両手《りょうて》で覆《おお》う。

「小春《こはる》？　怒《おこ》ってるの？」

朔《さく》くんの不安《ふあん》そうな声《こえ》。

「ううん、逆《ぎゃく》。うれしすぎて……。だけどごめん、かっこよすぎて直視《ちょくし》できない……」

朔《さく》くんにお姫様扱《ひめさまあつか》いされて、もうどうにかなっちゃいそう……！

「執事姿《しつじすがた》だったらもっとよかったけどな」

「十分《じゅうぶん》……かっこいいから……」

自分《じぶん》で言《い》ってて恥《は》ずかしくなった時《とき》――、ぐううぅ……。

「わわわっ！」

こんな時《とき》に私《わたし》のおなか……！

慌《あわ》てておなかを押《お》さえるけど、目《め》の前《まえ》の朔《さく》くんは爆笑《ばくしょう》。

「ははっ、腹《はら》へったよな。俺《おれ》ももうペコペコ、何《なに》か食《く》いに行《い》こうぜ」

そうと決《き》まれば立《た》ち上《あ》がり、教室《きょうしつ》を出《で》て並《なら》んで歩《ある》く。

自然《しぜん》に朔《さく》くんが手《て》を繋《つな》いできたから、私《わたし》も握《にぎ》り返《かえ》した。

「食《く》ったら校内見《こうないみ》て回《まわ》ろう」

「うん！　三年生《さんねんせい》のお化《ば》け屋敷《やしき》がすっごく怖《こわ》いんだって！　行《い》ってみたい！」

「お化《ば》け屋敷《やしき》!?」

「え、もしかして朔《さく》くん怖《こわ》いの……？」

「まさか、んなわけないだろ」

ははっと余裕《よゆう》そうに笑《わら》う。そうだよね、私《わたし》じゃないんだから。

「それより、小春《こはる》のほうこそ大丈夫《だいじょうぶ》なのか？」

「大丈夫《だいじょうぶ》だよ。朔《さく》くんが一緒《いっしょ》にいてくれるから」

「……っ。やめろよ……そういう不意打《ふいう》ち……」

あれ？　朔《さく》くん、耳《みみ》まで真《ま》っ赤《か》になっちゃった。

すると、繋《つな》がれた手《て》がぎゅっと握《にぎ》られる。

私《わたし》より一回《ひとまわ》り大《おお》きい朔《さく》くんの手《て》は、私《わたし》の手《て》をすっぽり包《つつ》み込《こ》んでしまう。

こうされると、心《こころ》まで包《つつ》み込《こ》まれた気持《きも》ちになってすっごく幸《しあわ》せなんだ。

私《わたし》今《いま》、心《こころ》から笑《わら》えてる。

「よーし、片《かた》っ端《ぱし》から食《く》うぞ！」

「え――っ、そんなに食《た》べられないよ～」

今日《きょう》のことは、きっと一生《いっしょう》忘《わす》れられない思《おも》い出《で》になるだろう。

空《そら》には、キレイな秋晴《あきば》れが広《ひろ》がっていた。

END

『総長さま、溺愛中につき。』、『ウタイテ！』

著・＊あいら＊

2010年8月『極上♥恋愛主義』が書籍化され、ケータイ小説史上最年少作家として話題に。ケータイ小説文庫のシリーズ作品では、『溺愛120％の恋♡』シリーズ（全6巻）、『総長さま、溺愛中につき。』（全11巻）に引き続き、『極上男子は、地味子を奪いたい。』（全6巻）も大ヒット。野いちごジュニア文庫でも、胸キュンしたい読者に多くの反響を得ている。

絵・茶乃ひなの（ちゃの　ひなの）

愛知県出身。アプリのキャラクターイラストや、小説のカバーイラストを手掛けるイラストレーター。A型。趣味は読書で、特に恋愛ものがすき。

『溺愛チャレンジ！』

著・高杉六花（たかすぎ　りっか）

北海道恵庭市在住。こども発達学修士。2019年に、第7回角川つばさ文庫小説賞一般部門で金賞を受賞。著書に『君のとなりで。』シリーズ（KADOKAWA刊）、『ひなたとひかり』シリーズ（講談社刊）、『ないしょの未来日記』シリーズ（ポプラ社刊）、『消えたい私は、きみと出会えて』シリーズ（集英社刊）、『学園トップ男子の溺愛は配信禁止です！』（スターツ出版刊）ほか、著書多数。

絵・いのうえひなこ

大阪府出身。愛犬のポメラニアンとの散歩が日々の癒やし。少年漫画を中心に活動しており、過去作に『転生したら剣でした Another Wish』(全6巻／マイクロマガジン社刊)ほか。現在、月刊少年エース（KADOKAWA刊）で、『ウェスタの台所 －忘れたぼくの世界ごはん－』を連載中。

『溺愛×ミッション！』

著・青山そらら（あおやま　そらら）

千葉県在住のA型。読んだ人が幸せな気持ちになれるような胸キュン作品を書くのが目標。著書に『溺愛×ミッション！』シリーズ（野いちごジュニア文庫）、『七瀬くん家の3兄弟』シリーズ（集英社みらい文庫）などがある。

絵・優月うめ（ゆづき　うめ）

2013年『りぼん』にて漫画家デビュー。千葉県出身の12月4日生まれ。趣味は読書、映画鑑賞、夜ふかし。

『あこがれ男子とひみつのワケあり同居！』

著・ゆいっと

栃木県在住。愛猫と戯れることが日々の癒やし。単行本版『恋結び～キミのいる世界に生まれて～』（原題・『許される恋じゃなくても』）にて書籍化デビュー。近刊は『キミに胸きゅんしすぎて困る！　ワケありお隣さんは、天敵男子!?』『爆モテ男子からの「大好き♡」がとまりません！』など（すべてスターツ出版刊）。

絵・小鳩ぐみ（こばと　ぐみ）

漫画家、イラストレーター。2022年別冊マーガレットにてデビュー。少女漫画、児童向け書籍のイラストを中心に活躍中。

溺愛MAXな恋スペシャル♡ Pink
野いちごジュニア文庫超人気シリーズ集！

2024年9月20日 初版第1刷発行

著　者『総長さま、溺愛中につき。』　＊あいら＊　©＊ Aira ＊ 2024
『ウタイテ！』　＊あいら＊　©＊ Aira ＊ 2024
『溺愛チャレンジ！』　高杉六花　© Rikka Takasugi 2024
『溺愛×ミッション！』　青山そらら　© Sorara Aoyama 2024
『あこがれ男子とひみつのワケあり同居！』　ゆいっと　© Yuitto 2024

発 行 人　菊地修一
デザイン　北國ヤヨイ（ucai）
発 行 所　スターツ出版株式会社
〒104-0031 東京都中央区京橋1-3-1 八重洲口大栄ビル7F
TEL 03-6202-0386（出版マーケティンググループ）
TEL 050-5538-5679（書店様向けご注文専用ダイヤル）
https://starts-pub.jp/
印 刷 所　大日本印刷株式会社

Printed in Japan
ISBN 978-4-8137-8173-8 C8293

ファンレターのあて先

〒104-0031　東京都中央区京橋1-3-1 八重洲口大栄ビル7F
スターツ出版（株）書籍編集部 気付
＊あいら＊先生　高杉六花先生　青山そらら先生　ゆいっと先生
いただいたお便りは編集部から先生におわたしいたします。

総《そう》長《ちょう》さま、溺《でき》愛《あい》中《ちゅう》につき。
シリーズ
好評発売中《こうひょうはつばいちゅう》♡
ワケあり学校《がっこう》の最強男子《さいきょうだんし》たちに…
愛《あい》されまくりの学園生活《がくえんせいかつ》!?
わたし、中《ちゅう》1の由姫《ゆき》は、とある理由《りゆう》で地味子《じみこ》に変装《へんそう》して転校《てんこう》したんだ。だけどそこは、お金持《かねも》ちな超《ちょう》イケメン不《ふ》良《りょう》男子《だんし》だらけの全寮制中学校《ぜんりょうせいちゅうがっこう》で…！
第《だい》1弾《だん》
第《だい》2弾《だん》
第《だい》3弾《だん》
第《だい》4弾《だん》
第《だい》5弾《だん》
第《だい》6弾《だん》
第《だい》7弾《だん》
第《だい》8弾《だん》
第《だい》9弾《だん》
第《だい》10弾《だん》
第《だい》11弾《だん》
NEW!
球技大会《きゅうぎたいかい》で由姫《ゆき》ファンの3年《ねん》VS2年《ねん》で溺《でき》愛《あい》バトルがヒートアップ！さらに、由姫《ゆき》が謎《なぞ》の人物《じんぶつ》に襲《おそ》われそうになって大《だい》ピンチ…!?
超豪華《ちょうごうか》！
総長《そうちょう》さま公式《こうしき》ファンブック
最強男子《さいきょうだんし》たちが由姫《ゆき》溺愛《できあい》の裏側《うらがわ》を語《かた》る!?特別版《とくべつばん》♡
第《だい》12弾《だん》は2024年《ねん》12月《がつ》に発売予定《はつばいよてい》！

溺《でき》愛《あい》×ミッション!
エリート学園《がくえん》に入学《にゅうがく》したら…
イケメンスパイグループに
スカウトされちゃった!?
わたし、中《ちゅう》1の有栖《ありす》にはヒミツにしている特別《とくべつ》な力《ちから》があるんだ。でも、そのことが学園《がくえん》のイケメングループ『プラネット』の蒼《そう》くんにバレちゃって…!?
全《ぜん》4巻《かん》
好評発売中《こうひょうはつばいちゅう》♡
第《だい》1弾《だん》
第《だい》2弾《だん》
第《だい》3弾《だん》
第《だい》4弾《だん》

溺《でき》愛《あい》チャレンジ！
好評発売中《こうひょうはつばいちゅう》♡
恋愛《れんあい》で成績《せいせき》が決《き》まる学園《がくえん》に入学《にゅうがく》!?
卒業《そつぎょう》のために
超《ちょう》モテ男子《だんし》とウソの
婚約《こんやく》をすることに…？
私《わたし》、中《ちゅう》1の結菜《ゆいな》。猛勉強《もうべんきょう》してあこがれの鳳凰学園《ほうおうがくえん》に合格《ごうかく》したんだ。だけど、そこは恋愛《れんあい》で成績《せいせき》が決《き》まる学校《がっこう》だった!?　悩《なや》んでいたら、クールな最強《さいきょう》モテ男子《だんし》・大鳳《おおとり》くんと急接近《きゅうせっきん》！　恋《こい》したくない同士《どうし》の私《わたし》たちはカップルのふりをすることになって…？

あこがれ男子《だんし》と
ひみつのワケあり同《どう》居《きょ》！
好評発売中《こうひょうはつばいちゅう》♡
住《す》むことになったのは、
人気《にんき》No.1 男子《だんし》のおうちでした!?
おとなりのモテ男子《だんし》が
超甘々《ちょうあまあま》すぎる〜〜〜！
中《ちゅう》2の小春《こはる》は、わけあって知《し》り合《あ》いの家《いえ》に住《す》むことに！　でもそこは、超《ちょう》イケメンだけど女嫌《おんなぎら》いと有名《ゆうめい》なモテ男子《だんし》・朔《さく》の家《いえ》で!?　とことんクールな朔《さく》にとまどう小春《こはる》だけど、ケガした時《とき》にお姫様抱《ひめさまだ》っこで運《はこ》んでくれたり、嫌《いや》がらせしてくる朔《さく》のファンから守《まも》ってくれたり、優《やさ》しくて頼《たよ》りになる一面《いちめん》にドキドキして…！